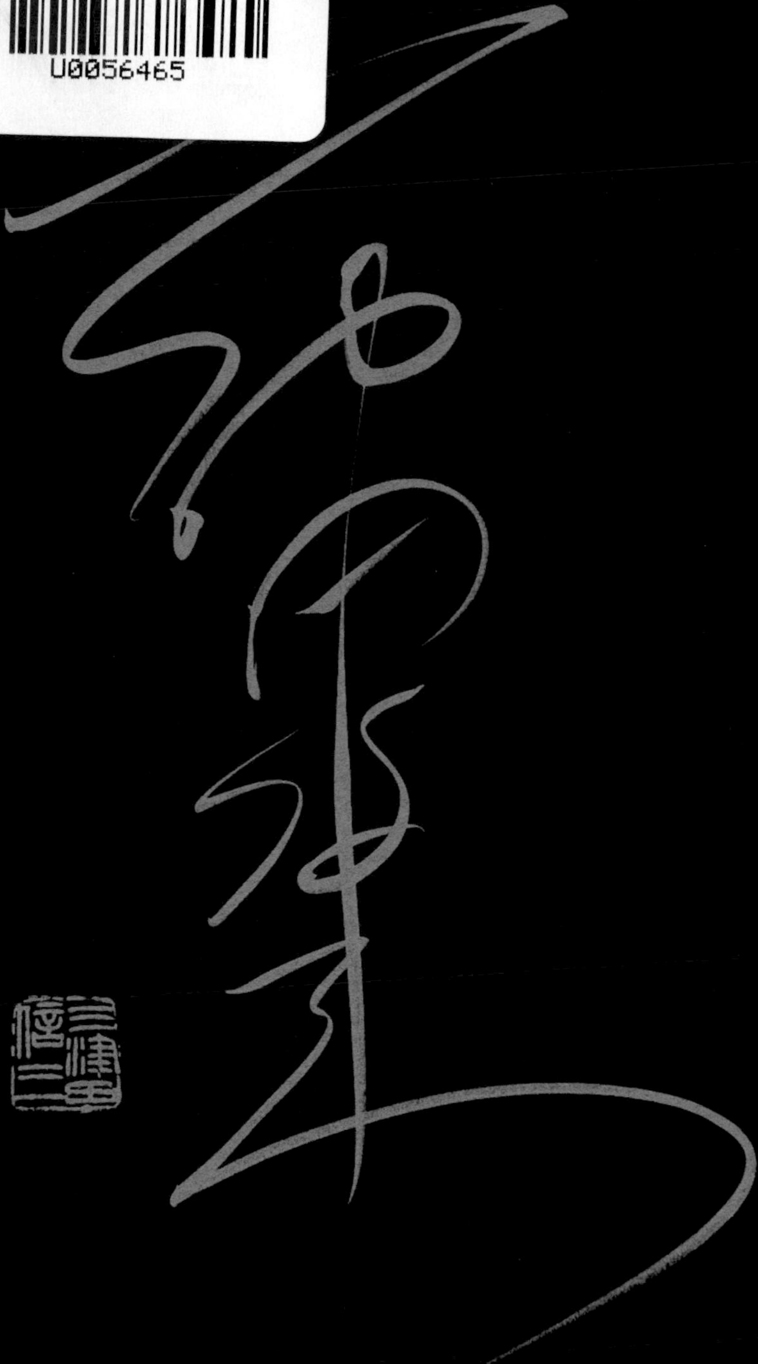

# 忌物堂鬼談

印刷簽名版

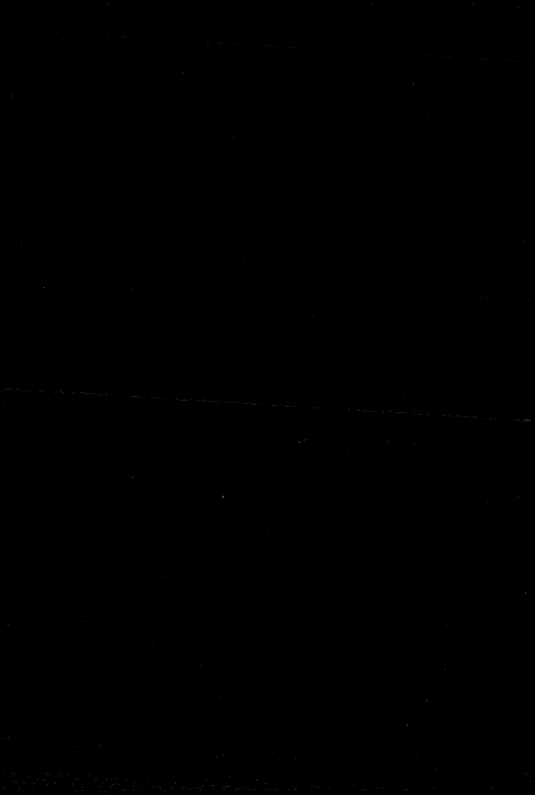

讀小說
Reading Novel

忌物堂鬼談
三津田信三
瑞昇文化

# 目錄

# 第一夜 沙行者

呼、呼、呼、呼……。

由羽希氣喘吁吁，停下腳步，感覺自己再也跑不動，但仍急忙回頭察看。她之所以回首，自然是出於恐懼。

……沒東西跟上來。

她身後那條狹窄馬路蜿蜒向西，路上完全不見人影。這條小路夾在嚴酷的自然之間，南邊依著高聳峭壁，北邊傍著風浪洶湧的岩岸，寬度只夠兩台小客車勉強錯過，看起來實在險阻。

由羽希盯著九彎十八拐的馬路，感覺尾隨自己的東西就要現身彼端，不由得打了個冷顫。

……沙行者。

她奮力撇開腦中浮現的字眼，繼續趕路。她已經走出九泊里村，離目的地只差最後一哩路。雖然她雙腳僵硬，但精神上似乎比剛才輕鬆了些。

然而當馬路開始偏離海岸線，來到松樹林地帶，雜草便張狂了起來，由羽希感到不安。雜草不願偏安道路左右的土壤，恣意叢生，還從柏油路的裂縫中探出頭來。由羽希暗揣這一帶鮮有人至，眼前景象才會如此荒涼。

但，怎麼會？

穿過松樹林之後，有一塊隆起似瘤的岬角，遺佛寺就矗立於岬角頂端，那也正是由羽希的目的地。然而眼前景象與她記憶中的模樣實在相去甚遠，令她莫名恐懼極了。

這個四月即將升上高中的她，其實和寺廟這類地方沒什麼交集，但她隱約認為鄉下和都市不同，寺廟依然與地方居民的生活息息相關，因此不解眼前路況怎會如此荒蕪。

我國小的時候，這裡明明還好端端的……。

她走到雜草幾乎覆蓋大半馬路的路段，路邊出現一道石階，梯級粗看也有上百。雖然繼續沿著馬路走也可以抵達遺佛寺，但路途無疑會比爬石階長，而且還不得不穿梭於白天仍然幽暗的蓊鬱樹林。傍晚時分本就只剩下夕陽餘暉，她可不希望光線再少下去。

於是由羽希選擇爬石階。她仰望頂端，不禁嘆息。先不說石階有多陡，還處處崩缺，外加一堆青苔，光看就知道有多容易滑倒，危險極了。

總好過摸黑就是了。

她如此說服自己，踏上石階，緩緩拾級而上，步伐謹慎。她千辛萬苦來到這裡，可不想在最後關頭踩空，弄得自己一身傷，更何況她剛才全力奔跑已經把自己累得半死。但或許最大的理由，是她想讓自己冷靜下來，仔細思考待會見到住持該怎麼開口。

可惜她爬了二十階左右便沒有餘力思索。她突然感覺雙腿不堪負荷，馬上用雙手撐住膝頭，駐足原地。她心想要不是剛才一路跑著過來，爬這一點樓梯應該輕而易舉，但實際上，她比自己感覺的還要疲勞。

由羽希坐在石階上稍作休息。遺佛寺近在眼前，乾著急也沒用。

……咦？

她不知不覺陷入恍惚，回神時竟搞不清楚自己身在何方，彷彿獨自被遺棄在未知異域，頓時惴惴不安，直打哆嗦。

我想起來了，我要去遺佛寺……。

幸虧她及時認清事實，要是她驚慌之下輕舉妄動，可能就要摔落石階了。

由羽希等到嘈雜惱人的心跳穩定下來，才繼續往上爬。她以為自己休息夠了，殊不知爬沒幾階腳又痠了起來，但她還是一步一步跨上階梯。她抬頭一看，發現頂端還有好一段路，心想再看也只會打擊自己的士氣，所以她低下頭，放空腦袋默默沿著石階往上爬。良久，她再次停下來抬頭，發現頂點還是跟剛才差不多遠，根本沒有靠近。她不禁感到沮喪，但仍低著頭繼續爬，暗想走就對了。她又堅持了好一陣子後抬起頭，頂端依然遙遠，她感覺自己好像在原地踏步。

永遠爬不完的石階……。

由羽希突然想像這條石階將無限延伸下去，怎麼爬也爬不到頂端，感覺自己被迫經歷一場名為階梯地獄的劫難。

儘管如此，由羽希仍堅持不懈，一階爬過一階，終於穿過了山門[1]。

苦盡甘來的登頂喜悅轉瞬即逝，她的心情再次盪到谷底，因為眼前的景象荒涼無比。其實她眼見九泊里過後的路況和石階的模樣，也猜到寺院的情況可能好不到哪裡去，但沒想到竟然荒廢成這副德行，簡直形同一座廢寺。

**我大老遠白跑了一趟嗎？**

由羽希深感枉然，但又有些納悶。

**話又說回來，這裡是怎麼了？**

她沿著幾乎被雜草掩蓋的石板路走向佛堂，右手邊可見庫裡[2]，左手邊則是墓園。她一見不計其數的墓碑，腳步不免慢了下來

**……沙行者。**

她想像墓園裡可能有無數沙行者蠢蠢欲動，當下亟欲落跑，但她馬上察覺自己想太多了。

---

1：山門：寺院正面的樓門。古代寺院多建於山間，故稱「山門」。亦作「三門」。

2：庫裡：早期為寺院的膳房，現泛指住持與其家人生活起居的空間（日本的和尚可以擁有家室）。

死者下葬，不就代表已經成佛了嗎？

沉且這裡是寺院，假設沙行者真的追上來，恐怕也進不來。由羽希想是這麼想，卻又擔心曠廢至此的寺院是否已無能力驅魔避邪，反而還會招引邪惡之物上門。

吱——

眼前佛堂傳來聲響，由羽希渾身一抖。

……有東西盯著我看。

佛堂輕掩的門扉暗處，好像有什麼東西正瞅著由羽希。

我還是快跑吧。

正當她靜靜轉身向右，準備拔腿之際——

喵。

她聽見了貓叫聲。

由羽希不經意回頭，看見一隻黑貓悄悄從佛堂正門的陰影現身。那張烏黑的臉上長著幾根堅挺的白鬍鬚，神態可愛卻帶著幾分威嚴。

「啊，你是……」

她一時語塞，但還是結結巴巴喊出了自己當初為這隻貓取的名字。

「黑、黑貓老師！」

喵？

然而，黑貓鑽出佛堂大門，穿過佛堂外圍迴廊走近，半路突然停下，歪頭警戒著由羽希。

「是我啊，你忘了嗎？我們以前常在這裡玩啊。」

她跨上階梯，黑貓立即退了幾步，但貌似沒有逃跑的打算，只是繼續緊盯著由羽希瞧。

由羽希坐在階梯的上半部，讓自己的視線與貓同高，再次喚牠的名字。

「黑貓老師，是我，由、羽、希。之前我還小，但現在我長大了。你難道不認得我了嗎？」

黑貓頻頻抽著鼻子，謹慎且緩慢地靠近，並時不時仰視由羽希。由羽希覺得可愛極了。

「黑貓老師，你好像沒怎麼長大。」

她環顧寺院蕭條的景象。

「是不是沒人好好餵你吃飯？」

此時黑貓突然蹭了由羽希的身體，隨即又「喵喵」地發出撒嬌的嗚聲。

「啊，你想起來了嗎？」

由羽希開心極了，她摸摸黑貓的頭，黑貓豎起尾巴，直往由羽希身上擠，那份溫暖與柔軟的觸感，令她十足寬慰。

「……喂。」

佛堂方向突然傳來人聲，害她險些跌下階梯。她雖然站穩了腳步，但黑貓似乎也被她突兀的動作嚇到，穿過走廊一溜煙跑走了。

黑貓老師，別走啊！

她想喊貓回來，慢了一步才想到自己或許也該開溜。但在她走下樓梯之前——

「自己開的門自己關哪！」

她聽見低沉的嗓音，門後探出了一顆光頭。

嚇。

她差點尖叫出來。當她看見那名和尚的瞬間，不禁打了個冷顫，不是因為恐怖，而是因為他俊美得和這般殘破的寺院毫不相稱。

他的頭型漂亮如卵，還留著剛剃髮不久的痕跡。那張臉少了頭髮反而更加氣宇軒昂，細長的眼尾、堅挺的鼻樑，細緻白皙的肌膚顯得雙脣格外紅潤，年齡應該落在二十五歲上下。

「搞什麼，貓咧？」

「跑、跑到那邊去了。」

由羽希指向走廊右手邊，男子則一臉嚴肅道：

「這傢伙明明會自己開門，卻死都學不會關門。」
「……是喔。」
「傷腦筋。」
由羽希眼看男子又要縮回門後，匆匆叫住他。
「請、請問你是？」
「當然是這裡的和尚啊。」
他操著一口鄉土味十足的關西腔，和俊俏的臉龐給人的印象大相逕庭，由羽希再次不寒而慄。聽到這等帥哥如此粗聲粗氣，一般情況下可能會大失所望，但由羽希卻覺得這種反差反倒賦予男子無比的魅力。
不過比起和尚的外貌，由羽希有更在意的事情，所以她鼓起勇氣提問：
「請問——住持呢？」
「如果妳是問我老爹，他掛了。」
對方心直口快，害由羽希一時間不知所措。
「不只是我老爹，所有人都不在啦。」
男子的口氣落落大方，話的內容卻非同小可。

「我、我以前來這裡的時候有一個溫柔的婆婆——啊，就是住持的母親，然後還有一個可愛的小和尚。雖然寺裡總是很安靜，卻充滿了……」

活力——由羽希欲言又止，因為她發現這樣講好像在刻意強調寺廟現在有多冷清。況且她也不明白為什麼所有人都不在了，在釐清狀況之前，說話還是謹慎點好。

「請問——為什麼……」

因此由羽希打算詢問這座遺佛寺出了什麼事情，不過男子卻搶先開口：

「妳是遠巳家的小鬼嗎。」

由羽希大吃一驚。

「你、你怎麼會認識我……？」

她暗忖，這名和尚或許曾聽他父親提過，以前有個小女孩常來寺裡玩，而且由羽希母親的娘家——遠巳家是這座寺院的檀家[3]，所以也沒什麼好大驚小怪的。不過她想了想還是覺得奇怪，這個和尚看到眼前的由羽希，怎麼有辦法馬上聯想到當年的小女孩？

不過和尚的下一句話，令她馬上忘了疑惑。

「沙行者是吧？」

由羽希錯愕萬分，霎時間完全無法理解這句話是什麼意思。

「我叫天山天空。」

對方突然自報家門，她趕緊低頭致意。

「你、你好。」

由羽希抬起頭時，天空人已經不見了。

是、是幽靈……。

假設真的是幽靈，他未免太具體了一點。不過由羽希仔細一想，發現自己剛才也只看到一顆頭，整個人背脊一涼。她心想，恐怕沒有幾間寺院像這裡一樣，一看就知道很容易鬧鬼。難不成往生的不只有上一代住持，連這個住持的兒子也已經死了？

**我還是趕快逃吧……**她再次猶豫之際——

「別客氣，快進來。」

佛堂卻傳出了天空的聲音。

「……呃，好。」

---

3：檀家：江戶時代，幕府賦予寺院戶籍管理權，全國百姓皆須以家族為單位歸屬某一寺院，是為該寺院之「檀家」。檀家有權利接受寺院於婚喪喜慶方面的照料，亦有責任供養寺院與僧侶的生活。

由羽希心想他應該還是個活人，便脫了鞋跨上走廊，推開眼前微開的雙開門，戰戰兢兢地走進佛堂。

噹、叩咚。

她一進門就踢到東西，發出響噹噹的聲音，同時右腳尖也一陣疼痛。

「妳行行好，別把東西弄壞了。」

「對、對不起。」

她下意識道歉，往腳邊一瞧，看見鐵鍋和花瓶之類的東西擺在那，前者的把手已經脫落，後者則缺了口，她以為是自己弄壞的，一時慌得都忘了腳痛，但這也是眨眼之間的事情。

她望著昏暗的佛堂內部，滿地雜物堆得無路可走，而且大多破的破、壞的壞。

凌亂的地面無奇不有，包含書冊、珠寶飾品、電話、壺、繪畫、掛軸、坐墊、木工工具、釣竿、剪刀、人偶、傘、衣服、拐杖、掛鎖、椅子、矮桌、書法器具、化妝台、面具、單輪車、樂器、竹刀、火盆……真要找什麼共通點，就是都很老舊，說是破銅爛鐵也不為過。

**簡直像一間生意慘淡的古董店。**

由羽希的想法似乎寫在臉上，天空投來冰冷的目光，害她不禁低下頭來。俊美的臉龐配上這種冷酷的眼神，造就一股難以言喻的魄力。

「天色已經這麼暗啦。」

天空自言自語，點起佛壇兩旁的蠟燭，多虧了火光，室內稍微變得明亮，但相對地，地上的雜物也投下了陰影。原本整座空間感覺晦暗不明，點燈後陰影更深了幾分。

「先坐再說。」

天空坐到佛壇前，指著自己面前要由羽希坐下，可是那裡也堆滿了雜物，根本沒地方落腳，她只好動手清出空位。這時天空提了奇怪的要求：

「隨便撥開就好，但妳可別太粗魯。」

她暗自埋怨隨便整理哪清得出坐位，更何況這裡根本就沒有東西需要小心對待。

這份不滿似乎又彰顯在態度上，天空開口：

「雖然這些東西看起來一文不值，但可全都是忌物。」

由羽希聽了說明也摸不著頭緒。

「什麼物……？」

她原本以為天空說的是「異物」，又覺得自己可能有所誤會。不過天空馬上告訴她是哪兩個字。

「妳聽過付喪神嗎？」

「沒聽過。」

由羽希搖搖頭，天空一語不發地離開佛堂，旋即拿了一大本書回來在她面前攤開，害她呈現一個要站不站的姿勢望著書頁。

「這本書記載了以前提及妖怪的圖畫和書卷，其中有一份推斷為室町時代留下的卷軸，叫作《付喪神繪卷》。」

天空邊說邊翻開某一頁，上面畫著一間看起來正在大掃除的家庭。

「這畫的是年末除舊布新的情景——」

「除舊布新？」

「就是一年一度的大掃除。」

天空不耐地說明。

「除舊布新時被扔掉的古器物——就是舊東西——會化為妖怪，回來找那些無情拋棄自己的人類報仇。這些東西沒用處後經過上百年，吸收日月精華，最後就成了精。」

「那就是付喪神嗎？」

「這算是一種泛靈信仰，相信東西經過長久歲月就會產生靈魂。」

「聽起來好像貓又[4]。」

「差不多意思，只差在貓本來就是活的，而器物沒有生命。不過兩者都是積年累月下來獲得力量幻化成精，所以其實也沒兩樣啦。」

「所以這些都是……」

由羽希環視佛堂。

「不是，我只是舉個簡單的例子說明，這些東西是忌物，和付喪神完全不一樣。」

「什麼是忌物……？」

「簡單來說，就是妳只要放在身邊就會被詛咒的東西。」

由羽希不禁懷疑自己的耳朵。

「什麼！」

她才剛坐下又不禁大喊一聲站了起來，天空見狀笑得有趣。由羽希心想人不可貌相，這個人搞不好比想像中惡劣。

她也不管三七二十一，怒聲埋怨：

「你幹嘛叫我進來這麼危險的地方。」

---

4：貓又：日本傳說中的貓妖，由山中野貓或極老的貓幻化而成。

不過天空卻四兩撥千金：

「用不著擔心，這每一件忌物我都好好淨化過了。」

然而由羽希還是疑神疑鬼，張望四周，不敢一屁股坐下。

「真的沒事啦，妳坐。」

天空哄著由羽希，指著他前面的地板。

由羽希見天空自信滿滿，才終於坐下，但她還是盡可能避免觸碰周遭的忌物。可好不容易來到這裡，她不想遭受無妄之災。

「淨化是淨化過了，不過數量這麼多，就算真的出什麼狀況也不奇怪就是了。」

偏偏天空又講了些聳動的話。

「什麼啦……」

眼看由羽希再次屁股離地，天空露出了奸笑。由羽希這下真的火大了，打算嚴詞抗議，但這時——

喵——

黑貓不知何時跑了過來，坐在她腳邊喵喵叫。

「黑貓老師，你回來啦？」

「妳叫那團黑黑的東西老師啊？」

天空一副難以置信的模樣，但這個名字對由羽希來說充滿了回憶，而且她看著天空那張清秀的五官，又開始對他沒有當飼主的自覺感到忿忿不平。

「你有沒有好好餵牠？」

「什麼意思？」

「牠跟我國小看到的時候幾乎沒兩樣，是不是你都沒有把牠餵飽？」

「我想妳搞錯了，牠本來就是野貓。」

「可是是這座寺院在養牠吧？」

「要說養嗎，比較像是牠賴著不走……」

「那你還是要餵牠吃東西啊。」

儘管由羽希態度強硬，天空卻始終泰然處之。

「不然就拿那個容器給牠當碗好了。」

他指向遠邊地上一個看似昂貴卻陰森的盤子。

「但那不是忌物嗎？」

由羽希皺起眉頭。

「這什麼話，妳自己不也帶著忌物過來嗎？」

由羽希一陣錯愕，剎那間聽不懂天空這句話的意思。

「喏，就在那裡啊。」

她整個人僵在原地，天空伸出右手食指，指向她夾克內的口袋。

咦，這裡？

她不假思索地將右手伸進夾克，摸到一個又薄又硬的東西，心頭一驚。

這什麼東西……。

她其實不太想碰口袋裡的東西，但放著不弄清楚也很毛。話雖如此，她真的可以把那東西拿出來給天空看嗎？

由羽希躊躇許久，又開始對眼前這名男子感到好奇。

他怎麼知道我身上有東西？

從外面應該看不出夾克內袋有沒有東西，更何況那東西體積一點也不大。

再說了，他怎麼知道那是忌物？

由羽希突然害怕起眼前這名男子，暗想自己就這麼呆頭呆腦走進佛堂未免過於輕率。

她帶著狐疑的目光直盯著天空。

「妳眼神太兇了吧。」
天空由衷的感想竟令她莫名受傷。
「妳那樣目露凶光，小心招來邪氣。」
**你自己身邊還不是堆滿什麼忌物之類來路不明的東西，才沒資格說我。**由羽希想在心裡，但似乎又寫在臉上了。
「我之前在關西某座佛教大學念書的時候——」
天空突然談起自己。
「因為扯上一件事情，所以好死不死得知這世上真的存在一些，彷彿匯聚了人類怨念的邪穢之物。」
照這樣聽來，由羽希常跑遺佛寺的那陣子，他人剛好在外面讀大學。
「後來我開始察覺，自己能看出那些怨念盤踞的來龍去脈，就是所謂的因緣。」
「……只要那東西擺在眼前，你就看得到嗎？」
「沒錯。而且我也漸漸明白……只要我能看清背後的因緣，就能消除那些東西的怨念。」
**假如是真的，這個能力也太厲害了。**由羽希打從心底感到佩服，而天空見狀又揚起了嘴角。

「實際上沒那麼單純就是了。但也沒出過什麼嚴重的差錯，所以我也就得過且過了。」

天空這一多嘴令由羽希掛心，但在她開口提問之前，天空又接著說下去。

「我從以前就很喜歡怪談故事，尤其喜歡那種傳說真的發生過的靈異事件。大學的時候我還辦過百物語[5]的活動，不過像這樣蒐集有因緣糾葛的東西，我可以體驗到更真實的怪談，而且還體驗不完。總之後來我就開始蒐集這樣的物品，並命名為『忌物』。我大學畢業、回到這裡之後也繼續蒐集。不對，絕大多數的忌物都是我畢業回到寺裡之後蒐集來的，因為我的名聲不知道什麼時候傳了出去，一堆有的沒的東西從全國各地寄了過來。」

「會不會跟這座寺院的名字也有一點關係？」

由羽希只是隨口提出自己的靈光一閃，不過天空的反應卻很大。

「妳還真敏銳，這座寺的名字寫作遺棄神佛的寺院『遺佛寺』，但不知道什麼時候開始，有些包裹和貨運單上面的收件人名稱寫成了專收忌諱之物的寺院『忌物寺』[6]。」

「這麼說來，我好像以前在哪邊有看過一篇報導，介紹某些神社或寺院會專門供奉你說的那種，有因緣的人偶，這裡也一樣對不對？」

天空一聽，臉色一沉，但隨即苦笑道：

「那些地方有在供養人偶，想必也沒荒廢本業，跟這裡不一樣。」

「……什麼意思？」

由羽希不知道該不該問，但仍鼓起勇氣問出口，而天空一臉詫異。

「妳看了這座寺院的模樣還不明白？」

「還滿——荒涼的。」

「還不是我全心全意投入自己蒐集忌物的興趣，結果往來多年的檀家紛紛離去，寺院就成了這副德行。」

天空大大哀嘆，由羽希卻覺得那副模樣有些奇怪，然而她更在意其他問題。

「所以遠巳家跟這裡也已經……」

假如遠巳家和遺佛寺已經斷絕往來，她就白跑一趟了。她憂心忡忡，但天空搖頭表示：

「不，遠巳家刀自的喪禮確實是由本寺包辦的。」

刀自的意思是一個家族中最尊長的老婦人，由羽希曾在小說上讀過，所以沒有詢問天空那是什麼意思，而是直接切入主題。

---

5：百物語：一群人聚在一起講鬼故事的活動。活動時會點燃一百根蠟燭，每說完一則怪談便吹熄一支蠟燭，傳說一百則怪談說完、蠟燭全部吹熄時，妖怪就會出現。

6：「遺佛」和「忌物」的日文拼音相同（いぶつ，IBUTSU）

「外婆的喪禮上——」

然而天空卻強行打斷由羽希。

「等一下，在談這種事情之前，禮貌上應該先自我介紹一下吧？」

「可是——」

**你不是早就知道我是誰了嗎？**由羽希把後面這句話吞了回去，猜想對方應該是希望她好好自我介紹一遍。

「是我不好。」

由羽希老實道歉，重新自我介紹。她從剛才這一連串互動已經充分明白這名和尚特立獨行，所以判斷盡量配合對方比較好。

「字怎麼寫？」

天空問她名字是哪幾個字。

「理由的由、羽毛的羽、希望的希。」

她解釋完，又匆匆表示自己姓「宮里」，並聲明內之澤這邊的遠巳家是她外婆家。

「哈、哈、哈、哈！」

天空突然開懷大笑。

「哎呀，妳沒什麼好道歉的，是我不對。」

天空突然低頭致歉，由羽希大吃一驚，覺得莫名其妙。

*我找這個人幫忙真的好嗎？*

由羽希這次盡可能將不安藏在心底，不要表現在臉上。

「是時候把妳那東西拿出來讓我瞧瞧了吧？」

由羽希見天空指著她夾克的內袋，下意識照辦。

是一把扁梳。那把梳子以前應該很漂亮，但現在已經老舊得失去光澤，梳齒斷了好幾根，前端也有明顯的缺口。

*我身上怎麼會有這種東西……？*

她啞口無言，天空則眉頭深鎖。

「這是放在遠巳家刀自棺材裡的陪葬品呢。」

由羽希一時沒意會「陪葬品」的意思，但聽天空解釋那是和死者一起放在棺材裡的東西，她嚇得趕緊把梳子交到天空手上，幾乎是用扔的。

「唔，這下難辦了。」

天空的自言自語，重重打擊了由羽希的信心。

「……我、我被詛咒了嗎？」

她問得心驚膽跳，天空則抬起頭來反問：

「所以發生什麼事了？」

由羽希頓時舌頭打結。

……奇怪？

她試圖解釋，卻說不出隻字片語。不是因為她不知從何說起，而是因為她發現自己根本就不記得發生了什麼事，整個人茫然若失。

可是，怎麼會……。

面對難以置信的情況，由羽希數度語塞，費了好一番工夫才擠出幾個字。

「妳這案例還挺稀奇的。」

天空看起來興致勃勃，貌似期待聽到新的怪談故事。

「不然妳先從妳記得的部分開始講看看。」

「可是，我都……」

「可以確定的是，妳打算來這座寺對吧？」

「……是這樣沒錯。」

由羽希支支吾吾，點了點頭，好不容易從她朝著遺佛寺前進的路程講起。

＊

由羽希走在沙灘上，她每往前跨出一步，後腳鞋子就陷進沙裡一些。雖然她舉步維艱，不過她跟著母親回糸藻澤娘家時，到漁村附近的海邊散步是她為數不多的樂趣之一。

但現在根本不是悠哉散步的時候。

她一心想盡早趕到遺佛寺。這座寺位於九泊里村再過去一座海岬的尖端，因此從她外婆家所在的內之澤出發，必須依序經過本位田、蛸壺、寄浪、芋洗、九泊里五座村莊。

要是能像以前一樣騎腳踏車就好了……。

這個念頭將她拉回自己國小的時候。

由羽希每次聽同學談起他們寒暑假回鄉下爺爺奶奶家玩，總是暗暗欽羨，因為她能從中聽出別人一家子和樂融融的氣氛。儘管當中也有人抱怨母親和奶奶處不來之類傳統的婆媳問題，但即便有什麼紛爭，當事人也會大事化小。畢竟回鄉下是一時的，就算婆媳關係僵硬也不構成什麼大問題，下一次彼此再見面時又能表現得若無其事。更何況大人之間的針鋒相對也不關小孩子的事，小孩子只關心如何開心度過一年一度回鄉下的時光。

可是由羽希不一樣，從她懂事以來，每次回遠巳家都因為母親與外婆之間詭異的氣氛而緊張兮兮。明明已經回來住過好幾次，卻總是有種初次拜訪的感覺，要是她能從中感覺到新鮮也就算了，偏偏事與願違，她始終對這熟悉的地方感到陌生，即便是血緣如此相近的親戚，她仍感覺自己永遠格格不入。之所以記得這種壓迫感，全是因為母親與外婆之間的關係非比尋常。

遠巳家是糸藻澤地區歷史悠久的名門，二戰前還是當地的大地主，卻因戰後政府推行的農地改革政策[7]而家道中落。當時日本經濟快速成長，全日本朝氣蓬勃，遠巳家卻反時代而行般逐漸失勢。後來狀況雖無改善，卻也不至於跌落谷底，就這麼殘存至今。

當時還在念國小的由羽希，自然無法理解這些前因後果，不過她年紀小歸小，還是感覺得出整間房子瀰漫著一股繁華落盡的滄桑。

遠巳家代代都是女人當家，聽說外公也是招贅入門。雖然家族並非缺少男丁，但按傳統必須由長女繼承家業，外婆便是如此。

*難不成媽媽也是長女？*

由羽希上國小高年級時也曾懷疑，有次她若無其事向舅舅打探，結果舅舅毫不隱瞞，反倒令她感覺掃興。不，其實她一開始也不知道她問的人是自己的舅舅，只是從那個人和外公外婆相處的態度，還有他看起來比母親年輕的外表如此判斷而已。

母親似乎也有兄弟姊妹，但由羽希至今仍不確定，畢竟母親和其他親戚基本上毫無往來，就算在外婆家碰頭，母親也不曾告訴由羽希他們是誰；而對方沒事不會自我介紹，怕生的由羽希也不敢提問，只是因為從小在外婆家看過這些人好幾次，所以認定他們是親戚。

由羽希曾和一個疑似是表姊的女孩見過兩次面，對方看起來比由羽希大個一、兩歲，五官成熟標緻，但她們不曾交談。第二次碰面時由羽希鼓起勇氣上前搭話，對方卻冷漠地無視，那態度令由羽希聯想到自己的母親，這才頭一次感覺到她們之間有血緣關係。同時由羽希的志氣也分崩離析，即使將來還有機會見面，她也不敢主動攀談了。

由羽希至今仍對自己有無表兄弟姊妹一無所知，對母親的兄弟姊妹也陌生得不可思議，有哪些人、有沒有結婚、有幾個小孩，這些基本資訊她一概不知。主要是因為母親什麼也沒告訴她，不過她自己也沒有特別好奇。話雖如此，由羽希之所以對親戚漠不關心，仍得歸咎於母親。

她就是在這般怪異的環境下成長，能和那個疑似舅舅的人說上話也只是剛好有機會，純屬偶然。不過由羽希也因此多少領會了母親與娘家的關係。

7：農地改革：一九四七年開始，日本政府在盟軍最高司令官總司令部（GHQ）的指導下推行土地改革政策，旨在解放農地、還地於民、破除封建社會結構。

母親身為長女，卻拒絕成為遠巳家的接班人，擅自跑到東京生活，後來認識了父親，兩人結為連理。外婆對於母親不把老家當一回事的舉動勃然大怒，兩人的心結恐怕到了今天也還沒解開。

「自古以來，我們家女人的脾氣都很硬。」

疑似舅舅的人坦言。

「長女在討夫婿時，往往也從母親身上繼承了這份脾氣。」

由羽希盯著他苦惱的模樣。

「不過大姊她……啊，就是妳媽媽她——」

聽到這句話，由羽希終於確定對方是自己的舅舅，而好奇心也完全轉往母親的過去。

「早在國小高年級，就開始顯露遠巳家女人剛烈的性子，動不動就和媽——就是和妳外婆——起衝突，而且還不是單純母女吵架的程度，更像是反目的死對頭……我這樣講會不會很難懂？」

由羽希確實有些地方聽不太懂，但大致能理解舅舅的意思，所以她很震驚，沒想到母親早在自己這個年紀就時常與親生母親爭執不下。

「血緣真的騙不了人。妳媽媽身上很早就能明顯看出遠巳家女性強大的基因。」

「媽媽和外婆的關係一直很不好嗎？」

由羽希一問，舅舅再度面露難色。

「也不是這麼單純的問題。她們兩個某方面來說很像，所以有種同性相斥的情結……我是不是又說得太複雜了？」

不過由羽希這下多少理解了母親與外婆之間特殊的關係，也感覺得出來，自己之所以和遠巳家親戚疏遠肇因於此。或許就是她們母女倆關係過於緊密，反而使母親疏遠了其他兄弟姊妹，因為她實在太厭惡自己的血統，所以和其他血緣相近的人自然而然保持了距離。

舅舅說雖然她們之間關係緊張，但還是維持著一項從母親小時候就有的習慣。

「無論她們看彼此多不順眼，睡前妳外婆一定會和妳媽媽一起坐在化妝台前，拿梳子幫她梳頭髮。」

咦……？

由羽希差點叫出來，因為她睡覺前，母親也會幫她梳頭髮，而且從由羽希有記憶以來都是這樣。只是母親是用刷子，不是梳子。

**媽媽那是學外婆的嗎？**

原本令人窩心的互動，現在由羽希卻不這麼認為。一想到母親與外婆扭曲的關係，就覺得遠巳家每晚的習慣令人毛骨悚然，而當她得知同樣的事情也發生在自己身上，更教她渾身不舒服。

「在我們家，妳媽媽跟外婆的言行舉止——就是她們說的話、做的事，都是最重要的。大家多少都會看她們兩個人的臉色做事。」

由羽希更加確信，母親和其他親戚的關係就是因為這樣才會疏遠。

「外公也是嗎？」

舅舅聽她這麼一問，首度咧嘴一笑。

「他啊，總有辦法巧妙開溜。」

由羽希馬上聯想到自己的父親。

由羽希的父親是那種滿腦子工作的上班族，從不過問家務事，也不干涉育兒方面的事情，基本上也不會隨母親和由羽希回遠巳家。他頂多有時做一些世上所有父親可能會做的事情，例如放假時帶女兒到公園玩，教教女兒怎麼騎腳踏車。

但這些舉動看在由羽希眼裡，就像父親避免跟母親相處。不對，嚴格來說，由羽希感覺父親是極度不想介入她們母女的關係。

**是因為他知道媽媽和外婆之間的關係很奇怪嗎？**

由羽希自從聽了舅舅的話，便止不住懷疑。

至於母親，倒也沒有過度關切由羽希。她對自己女兒的態度一直都很冷淡，甚至可說漠不關心，彷彿她小時候與外婆之間的親子關係過度密切，造成反彈，影響了她對待自己孩子的態度。

偏偏母親又有些愛面子，這一點令由羽希幼時相當混亂。母親平常在家裡管都不管由羽希，來到外面有人看的時候卻又——裝作——對她百般呵護。

不過由羽希上了小學高年級，反倒有些朋友開始羨慕起她，因為有些早熟的同學已經進入討厭被父母干涉的階段，在他們眼裡，像由羽希這樣父母都不太管她的狀況形同天堂。但由羽希覺得，那些能和父母一起出門的朋友遠教人羨慕得多了。

由羽希心想，外公或許和父親很像。雖然糸藻澤當地人家幾乎都是靠捕魚維生，不過聽說外公年輕時就在公所上班，一路做到退休。儘管他的工作不需要加班，仍成天將工作帶回家，說是為了統整在地歷史與民俗故事，甚至退休後也持續這項學術研究。由羽希之所以知道什麼是「鄉土史學家」，也是因為外公曾告訴由羽希，世人會如此稱呼像他這樣的人。

母親、外婆、母親的兄弟姊妹、疑似表姊的少女，由羽希統統處不來，待在一塊時只覺得坐立難安。唯有父親和外公給她的感覺稍微不同，但也真的只有稍微；搞不好舅舅也能算在內，可惜由羽希後來幾乎沒機會再和舅舅說上話，所以也無法斷定。

由羽希升上小學五年級後，母親開始要求她準備考私立國中，所以她六年級那年沒回過半次外婆家。她原本以為上國中後會繼續跟著母親回娘家，沒想到就這麼不了了之，再也沒回去過。雖說再怎麼樣也不至於可惜，但她還是挺喜歡糸藻澤的，所以心情有些複雜。而且她也滿想念遺佛寺的住持、婆婆、小和尚和黑貓老師。

回憶至此，她突然察覺暮色漸暗，氣溫似乎也涼了一些。

**再不快點，太陽就要下山了。**

她加快腳程，走在沙灘上。

由羽希小學三年級那年，騎著母親以前的腳踏車，第一次馳騁在糸藻澤的沿海道路上。她從內之澤出發，一開始頂多騎到本位田、蛸壺，但馬上愈騎愈遠，騎到寄浪和芋洗的村落，不用多久也騎到了九泊里。

不過告訴她遺佛寺這個地方的人是外公。有那麼一次，外公開車載她去遺佛寺，之後她才開始自行前往。

但她當年也只是一名小學生，即便騎著腳踏車、即使每座村落規模不大，要一次騎過五座村子還是很費力，所以她每次抵達遺佛寺時都累得半死。儘管如此，她仍頻繁往寺裡跑，恐怕是因為遠巳家她實在是待不住。

話又說回來，這裡是哪一帶？

由羽希還是頭一次徒步走這條路，所以一時半刻弄不清自己身在何方。內之澤還看得到公所、商店，但其他村落家家戶戶都仰賴漁業為生，父親在天氣好時出海捕魚、退休的祖父在家保養漁具、祖母與母親照顧小孩也忙著烘乾沙丁魚和竹筴魚。

她以前騎車經過時，看過好幾座女性工作用的小倉庫，也清楚記得裡頭傳出一群人幹活時的充沛活力。

然而她走到現在，明明離內之澤也有好一段距離，卻始終感覺不到村子裡的動靜。她途中是有繞去海邊沒錯，但沒遇見半個人未免太奇怪了。明明也有人會在海灘上做事，卻不見任何人的蹤影，怎麼想都很詭異。由羽希遲至現在，總算察覺情況不太對勁。

大家今天的事情都做完了嗎？

雖然很牽強，但她還是盡量這麼想。話雖如此，這種鄉下地方的人會在日落前休息也不太合乎常理，她以前去遺佛寺都玩到傍晚才回家，那時依然能看見有人在做事；就算今天大家真的提早收工，人也應該都待在家裡，可是眼前景象宛如杳無人煙的廢村，鴉雀無聲，聽不到一丁點動靜。

該不會……。

由羽希一時間冒出了不好的想像。

印象中，去年夏末，她聽新聞報導這一帶遭強颱侵襲。但她也記得不是很清楚，因為當時剛好是她國二的暑假，正開始準備升學考試，所以盡可能與世隔絕。她當初好不容易才考進國高中合一的私立完全中學，母親卻要她去考排名更前面的私立高中。儘管她心生抗拒，最後還是說不過母親。

假如颱風真的登陸——就算是真的，母親應該也不會告訴她——這附近所有村落的災情肯定非常慘重，那麼大家在災區重建、可以重新住人之前，也只能暫時離開。

但假設真的是這樣，遠巳家也不可能倖免於難。

由羽希立刻想到這件理所當然的事情，困惑油然而生。她本想拿手機查詢網路新聞，卻發現手機沒帶在身上，看來是忘在家裡了。

她不禁疑惑，但也沒有疑惑很久，因為她在不見人影的沙灘上走著走著，莫名害怕了起來。

偏偏這種時候，她想起了以前外公開車載她時提過一些驚悚的在地民俗傳說。當時他們驅車前往九泊里的遺佛寺，或許是因為這樣，外公才興起念頭，談起當地村落有人往生時的喪葬禮俗。外公在遠巳家裡從來沒這麼多話，那副對著自己外孫女滔滔不絕的模樣，至今仍深深烙印在由羽希腦海。

糸藻澤的村落之間以一條鋪過的馬路相連，這條路又窄又彎，有些地方還沒設置護欄，使得由羽希心中泛起兩種恐懼，既害怕外公說的恐怖故事，也擔憂他講得太起勁而沒控制好方向盤；外公講那些話時就是這麼咄咄逼人。

由羽希不得不聽外公暢談在地喪葬習俗，其中她覺得最恐怖的忌諱莫過於「沙行者」。傳說村落裡若有舉辦葬禮，在往生者的頭七結束之前，傍晚千萬不能獨自外出。據說早期是要等超過七七四十九天，昭和年代初期才慢慢演變為頭七。

倘若期間觸犯禁忌，獨自外出，往生者就會緊跟在你身後，或不知不覺間繞到你面前，一路引誘你走到海邊，最後害你被海浪捲走。之所以只規定傍晚不可以外出，是因為傍晚恰好屬於陰陽兩界幽幽交會的時段。

沙行者一詞，源自人明明獨自走在沙灘上，背後——或面前——卻冒出其他零星足跡的現象。那難不成只要遠離海邊就沒事了嗎？倒也不然，即便走在馬路或泥土路，也會聽見腳步拖行的聲響，唰噠、唰噠、唰噠……啪噠、啪噠、啪噠……。明明眼前沒人，回首也不見人影，但還是感覺有東西尾隨自己。倘若倉皇逃跑，腳步聲也會追趕上來，你一個不留神，已經被逼到海邊的馬路或懸崖邊。

若想保命，必須將自己身上穿戴的任一物品——帽子、手帕、手錶都可以——往海裡丟，但如果隨便挑一個丟了也不痛不癢的東西，恐怕會造成反效果。最好捨棄自己重視的東西，否則只會激怒往生者。

由羽希懊惱自己為何偏偏挑現在想起沙行者的種種傳說，而此時眼前竟出現令人難以置信的光景。

前方沙灘上有零星的腳印……。

她好不容易才忍住沒尖叫。

這是村民之前留下的腳印啦。

照常來說，這點小事並不難想像，只是她剛好想起沙行者的迷信，才忍不住胡思亂想了一番。

她才鬆一口氣，苦笑自己大驚小怪，整個人突然又僵住了。

……一個。

沙灘上一連串腳印的彼端，冒出了新的坑。

……兩個、三個。

而且還接二連三出現，宛如有什麼看不見的東西走在由羽希前方。

她不顧一切，趕緊離開海邊朝馬路奔去。就在此時──

嘎啊──

附近突然響起野獸般的嘶吼，嚇得她魂飛魄散。她耐著未知的恐懼，飛快掃視周圍，但沒看到半個人。

哇、哇哇哇哇、哇哇哇──

然而沉悶詭異的低吼依然迴盪在海濱，背著一片暗紅似血的汪洋。

由羽希一股腦兒拔腿狂奔，回到馬路後直往下一座村子跑。她沒有什麼打算，只是身體本能產生逃跑的反應。

她跑了一陣子，來到南邊倚著岩壁、北邊腳下就是海面的路段。這條路窄到連小型車要會車都很勉強，偏偏又迂回曲折，極難看清前方路況。靠岩壁一側的馬路雖有設置避車彎，但數量明顯不夠。所以當年由羽希坐在外公的車上，整路魂不守舍，深怕他話匣子大開，結果不慎撞上岩壁或對向突然出現的小卡車，又或是為了閃車而落海，無論哪種情況都讓她感覺自己有生命危險。

和當時相比，現在或許好多了，然而被不明物體糾纏的感覺也很一言難盡。儘管情況不至於岌岌可危，討厭的東西步步逼近的陰鬱壓力也教人喘不過氣。

夕陽已經逐漸沒入海平面。雖然尚未完全入夜，但也不再是白晝，正是所謂逢魔時刻[8]。

也就是沙行者出沒的時段。

由羽希這麼一想，重新意識到剛才那腳印或許就是沙行者。雖然前一刻她才在想沙行者的事情，但面對眼前突然冒出腳印的恐怖現象，她還是嚇得腦袋一片空白。

更何況……。

她實在不認為沙行者真的存在，怎麼想都只是糸藻澤當地流傳的迷信，證據就是，原本禁忌的期間有四十九天，後來卻莫名其妙縮減成七天。假如沙行者的靈異現象確實存在，禁忌期間哪有可能這樣說縮短就縮短。

由羽希試圖冷靜以對。要是她還在讀國小，現在可能早就哭著跑回外婆家了。但她今年春天就要上高中，可不能再害怕鄉野迷信了。

而且聽說沙行者的禁忌期間，最早既不是四十九天也不是七天，往生當天與隔天的守夜才是最關鍵的時刻。因為沙行者一般出沒於往生者死後至下葬的這段期間，而有些沙行者會回到遺體，依照情況不同，甚至會受到佛祖眷顧而復活。因此這段期間出現的沙行者反而值得歡迎，代表亡者有重生的機會。但倘若遺體已經下葬則另當別論，這時沙行者將化為死靈，拉著生人一起上路。

但是……。

假設那真的是沙行者，不也就是外婆的化身？而且還是已經完全化為死靈的沙行者。

外婆是前幾天過世的，由羽希聽說她是躺在家中棉被裡壽終正寢，但也不清楚詳細情況。

當時由羽希聽母親不帶情感陳述這件事情，差點叫出聲來，也想起外婆過世前兩天左右，外公難得打了通電話過來。當時母親從由羽希手上接過電話，講沒幾句就掛斷了。外公大概是打來通知母親外婆命在旦夕，但母親卻不打算理會這則消息。

後來母親獨自前往參加外婆的守夜和喪禮。由羽希覺得父親再怎麼樣也應該陪同出席，但父母——應該說母親——卻不這麼想，表示她自己去就好。她平時明明那麼在意別人的眼光，一旦扯上遠巳家就馬上破例，反倒採取招來閒言閒語的態度。即便事關親生母親的弔唁——不對，恐怕正因如此，母親才決定獨自回去。

**既然如此，為什麼媽每年至少會回個娘家一次？**

8：逢魔時刻：古代日本人視黃昏為一日中最不祥、最容易遇上妖魔鬼怪的時段，故稱「逢魔時」（おうまがとき），又稱「大禍時」（おおまがとき）。

為什麼每次回去都會帶上我？

而且母親從未叫她要跟外公外婆好好相處。由羽希猜想，母親肯定也不曾要求親生父母好好疼愛自己的外孫女，但又必定年年帶著由羽希回娘家。一成不變的慣例，宛如某種儀式。

那也是為了面子嗎？

或許母親只是需要表現出自己會帶女兒回娘家的樣子，所以回到娘家後就放女兒自生自滅，也對遠巳家碰到的親戚毫無興趣。

無論如何，由羽希無法從外婆身上感受到分毫親暱。其實她對遠巳家的所有親戚都是如此，只是外婆的感覺特別明顯。

比方說外婆盯著由羽希的眼神。

偶爾，由羽希會感覺有人盯著自己，回頭一看，便發現外婆隔著和室的紙門瞅著她，彷彿觀賞珍奇異獸，由羽希從沒見過如此異樣的眼光。每當外婆投來這般眼光，由羽希總會產生尿意，但她進了廁所卻連半滴也尿不出來。儘管這種事情不只一次兩次，她仍感覺自己如果不跑廁所，就要當場尿褲子，偏偏到了廁所又什麼都上不出來。

由羽希覺得外婆充滿惡意的凝視，堪稱邪眼。

有那麼一次，由羽希被外婆這種眼神定在原地時，外公剛好經過。

「遠巳家的本家，其實是關西某地一個歷史悠久的名門望族哪。」

當時外公眼見由羽希呆若木雞，突然沒頭沒尾冒出這句話。這到底是什麼意思？

由羽希升上小學五年級時，認真懷疑外婆是不是希望外孫女代替無意接班的女兒繼承遠巳家，而那險惡的眼神或許是在估量她的斤兩。

**我將來要繼承遠巳家。**

這個妄想令她心底發毛，但也摻雜些微自我陶醉。她光是想像自己坐上這個家族的女主人大位，一陣厭惡便油然而生，彷彿無數的蟲子在背上爬來爬去；但一方面卻又感覺這個機會能讓她擺脫千篇一律的無聊生活。雖然這個家已經沒落，但也曾是地方豪門，依然保有往昔的威嚴，老實說這一點還是滿吸引羽希的。

然而到頭來，外婆也只有對由羽希投以森冷的目光，從未試圖與外孫女有進一步的互動，就這麼過世了。

總之，她對外婆沒有任何美好的回憶。證據就是，她得知外婆過世時也不怎麼惋惜，反而還慶幸自己以後再也不必被那樣盯著看了。

所以當她聽到自己不必參加喪禮，內心不免鬆了口氣。由羽希多少也覺得自己這樣有點冷酷，但先不論她和外婆之間關係如何，沒辦法的事就是沒辦法。就算外孫女沒回去奔喪，過世的外婆大概也不會覺得淒涼。

只是萬萬沒想到，後來竟會演變成這種事態，由羽希後悔不已，早知道當初就跟著母親回去了……。

咦？

她的思路在此中斷。

我為什麼會後悔？

她確定自己心生悔意，卻不知道到底後悔什麼，甚至完全不記得發生了什麼事情。

外婆過世……。

母親回去參加喪禮……。

之後發生了什麼事、自己如何牽涉其中、為什麼她現在走在這個地方，一切不明不白。

不對，還是有清楚的事情，她確定自己是來遺佛寺尋求幫助。父親靠不住，外公和其他親戚更是想都不用想。雖然也說不上來為什麼，但她對此相當肯定。唯一奇怪的是，她怎麼會突然想到遺佛寺？

由羽希感到疑惑，不過很快就得出結論了。

顯然母親在外婆的喪禮上出了狀況，既然如此，投靠負責辦理外婆喪禮的遺佛寺住持，也是再自然不過的事情。

她也明白為何外公和其他親戚不在考量範圍，因為他們也參加了那場出問題的喪禮，萬一他們也受到了奇怪的影響怎麼辦？在這種鄉下地方，一定所有人都還聚在外婆家，由羽希怎麼可能傻傻往那裡跑。

回想起來，由羽希恐怕沒看過其他比遠巳家大屋還陰森的房子了。連大白天也陰暗的走廊，拉門緊閉的數間和室、總是飄著線香氣味的佛壇、遠在主屋邊緣的廁所、摸起來黏膩的木頭浴盆、總是一個人睡的寬敞客房、明明沒人卻感覺有什麼東西的隔壁房間與走廊盡頭、不時傳出的莫名聲響……遠巳家的一切都令小學時的由羽希畏懼，更別提外婆那嫌惡的眼神了。她之所以永遠無法習慣遠巳家的氣氛，或許並非全是因為母親與外婆之間水火不容的愛恨情仇。

光是想像那個外婆的喪禮辦在那種遠巳家，由羽希就感覺心涼了半截，也由衷慶幸自己不用出席。

基於上述種種理由，她也一直避免接近糸藻澤。但如今她卻憑藉超常的行動力來到這片土地，一心尋求幫助……。

外公開車載她來遺佛寺那天，先帶她到海岬高處看看海，接著不待人招呼便擅自走入庫裡，嚇壞了由羽希。

「這裡有很多研究鄉土史的寶貴資料。」

外公話沒說完，便逕自拿出一本過去帳[9]，可見他和住持之間的交情好到這種地步。

當天她完全沒和住持或遺佛寺的任何人見到面，後來她自己騎腳踏車拜訪時才慢慢認識他們。

*話又說回來，怎麼這麼遠。*

馬路夾在無盡的高聳岩壁與汪洋之間，由羽希望向視野有限的前路，不禁喟嘆。

從西邊的內之澤到東邊的九泊里，就算開車也得花上不少時間，騎腳踏車當然更久，用走的不知得要幾個小時，光想到這一點她就要昏倒了。

外公告訴由羽希，糸藻澤海岸線最東邊的九泊里舊稱「苦止」，因為以前馬路還沒鋪的時候，只有一條貫穿岩壁的羊腸小徑，而跋涉這段路的苦難將於該地終止，故稱苦止。後來推測是因為「苦」這個字太負面才拿掉，換成一位數最後一個數字的「九」；再加上這條漫漫長路不可能當天來回，所以「止」也更改成「泊里」，意思是「不得不停泊一晚的村里」。

二戰結束後，這條顛簸崎嶇的海岸線泥土路經過整頓鋪面，各村落之間已能駕車往返，由羽希用走的自然得花上大把時間。但她仍不禁想：未免也太遠了吧，照這樣下去，在她抵達遺佛寺之前太陽就下山了。

由羽希內心焦急，轉過數不清是第幾次碰上的急彎，一座小村落乍現眼前。

**那是……。**

她趕緊跑完剩下的路，村落入口有尊道祖神[10]迎接她的到來。她定睛一看，神像側面下半有兩個難辨的刻字：「芋洗」。

**原來我已經走到這裡了。**

由羽希不禁感到踏實，但也只心安到她踏入村子前。她走在房舍之間的道路，愈走心情愈沉悶。

**路上怎麼都沒人……。**

芋洗也和她前面經過的村落一樣，不見半個人影，但也不像所有人都窩在家裡，她甚至感覺不出哪一間房子裡面有人。這個時間，家家戶戶應該正開始準備晚餐，她卻聽不見一丁點聲響，整個村落寂靜得教人害怕。

**發生什麼事了？**

9：過去帳：日本佛教用語。即死者名簿，用於記錄死者之法名、生卒年月日、歲壽。
10：道祖神：常見於日本路邊或聚落入口的民間守護神像。

直到剛才，由羽希滿腦子還想著外婆的喪禮上出了問題，接著聯想到遠巳家的外公、親戚可能也受到了牽連。現在她更猜想，搞不好這件事影響的範圍不僅限於遠巳家，還從內之澤擴及本位田、蛸壺、寄浪，甚至芋洗。

**可是，究竟會是什麼事……？**

正當由羽希不由自主在村落中央停下腳步，感覺窮途末路時——

……唰噠、唰噠。

她又聽見背後有聲音，倏地回頭一看。

……唰噠、唰噠、唰噠、唰噠。

她感覺那東西逐漸靠近，然而她剛才經過的路上不見任何東西，只有杳無人煙的淒涼景象一路延續至村落入口的道祖神像。

……唰噠、唰噠、唰噠。

然而那神秘的聲響依舊朝由羽希接近，她迅速倒退幾步。其實她很想直接撇頭向前，拔腿就跑，但又很害怕背對**那東西**。所以她打算就這樣退步遠離——

嘎啊———

這時她背後又冷不防響起一陣慘叫，宛如怪鳥啼鳴，刺痛耳膜，嚇得她背脊發涼。

她匆匆轉頭，還是沒看見任何東西，只見通往九泊里的道路，而且感覺不出有任何人在。

……等等，或許事情不是這樣。

由羽希身邊確實沒有人在，但她忽然感覺到空氣的震動，猶如隱形之物在她耳邊吹氣那樣令人不寒而慄。

她脖子起了整片雞皮疙瘩，下一刻顫慄直竄全身，不用多說她也明白自己的狀況不妙到了極點。

我得快逃。

由羽希拔腿之際，又感到一陣惴慄。有什麼東西從周圍房舍傾巢而出。

……唰噠、唰噠、啪噠、啪噠、嘶噠、嘶噠、噠、噠。

愈來愈多那玩意兒向她靠近，彷彿要將她包圍，一口氣將她吞噬。

由羽希腦中浮現這種恐怖至極的想像。

她撒腿向前，目標當然是九泊里。她全力奔跑，搏命從芋洗村逃出生天。

哇啊——————

說不上是怒吼、歡聲、還是怪叫的詭異回音在四周迴盪，由羽希一心向前死命奔跑，試圖甩開那些聲音，等她跑到村落邊界才猛然回頭一看。

一團、兩團、三團。

房舍前和路邊都冒出了幾團搖曳而模糊的影子，看起來形似人影，然而影在人不在，只有影子直立起來。

四團、五團、六團、七團、八團。

由羽希眼見鬼影接二連三出現，雙腳不由自主顫抖，抖到她甚至跑不太起來。如果她繼續駐足不前，整個人恐要癱軟下來。

但那樣一定會被影子抓起來。

……我、我不要。

她這麼一想，雙腿自然而然又開始動作。雖然步履顫跛，但由羽希還是拚命逃跑。

她一出芋洗村落，那些詭異的嘶吼、陰森的氣息、不祥的黑影突然銷聲匿跡，眼前只剩下看慣的漫長馬路。

那到底是什麼東西……。

由羽希光想就害怕，然而不想清楚更恐怖。

是沙行者嗎？

假如是，就代表除了遠巳家，還有其他人家死了人，可是這些幽靈的數量未免太多，多到像滅村似的。

不會吧……。

由羽希對自己的想像感到驚惶。

沙行者會於往生者頭七儀式結束之前出沒，換句話說，即使喪禮辦了，沙行者還是會作祟。假設這裡遭到強颱侵襲，罹難者大多被捲入大海行蹤不明、死無全屍，只好匆匆舉辦聯合奠祭的話，會發生什麼事？

難不成，糸藻澤去年夏天真的遭到強颱摧殘？方才冒出的幢幢黑影，該不會就是化為沙行者的村民在芋洗村裡徘徊不去？

她內心的恐懼頓時加上一分哀痛，一顆心揪了起來。話雖如此，那份無以復加、令人胃絞成一團的恐懼並未因此消失，她只得抱著創傷加劇的身心走完剩下的路途。

良久，九泊里映入眼簾。她在抵達村口的道祖神像之前先站定歇息，打算充分休息過後一口氣跑過村落。她告訴自己，在離開村子之前千萬不可以停下腳步。

然而當她準備行動時又退縮了。九泊里村內的道路不短，需要不少時間才跑得完，路上還有黑影的威脅等著她……有太多不確定因素，她也不知道自己的體力和精神到底能撐多久，可是一旦跑起來就不能中途停下。她是會平安穿過村落，還是會途中氣力放盡倒下，結果不難預測，所以她雙腳動彈不得。

不過將海面染成紅銅色的夕陽，推了由羽希一把。

再拖拖拉拉下去，太陽就要下山，她就不得不在黑暗中奔跑了。即使夜色降臨，也不能保證九泊里燈火闌珊，搞不好還會一片漆黑。換句話說，情況會比現在更加危險，所以她必須在夕陽完全西沉之前穿越村落。

「好。」

由羽希刻意出聲提振士氣，隨即跑了起來。她並沒有一開始就全速奔跑，而是刻意放慢速度，以免中途體力耗盡。不過當她進入村落，眼見路上毫無人影，內心便被一股無以名狀的惶恐攻佔。沒有人在、沒看到任何東西，這本該是件好事，由羽希卻益發憂懼，感覺黑影隨時會從任何一戶人家冒出。不過她跑了好一陣子都沒有異狀，沿途風景盡是空蕩蕩的房舍。

儘管身後沒有東西追趕上來，她還是持續加快腳程，愈跑愈快。她清楚再這樣下去會撐不住，很快就會跑不動，但雙腳卻不聽使喚。她之所以無法自已，是因為她發現自己跑得愈快，膽子也愈大。

後來由羽希甚至感覺痛快，樂盼自己能輕鬆穿越九泊里。但她也就興奮這麼一下子，不用多久，她的雙腳開始使不上力，速度也明顯下滑。隨著速度趨緩，原先完全拋開的恐懼逐漸捲土重來。她多想盡速離開這恐怖境地，偏偏雙腳已經變得遲鈍，連往前跨出一步都很勉強。她邁步慢如蝸牛，最後終究停了下來。她連一步也動不了，在馬路中央蹲踞下來。

……沙沙。

由羽希察覺微弱的氣息，環顧四周。雖然她已經喘得上氣不接下氣，仍急忙確認周遭情況。

……沒半個人，也沒看見任何東西。

眼前只見漁村的家家戶戶，但她依然感覺有什麼看不見的東西默默靠近，而且還愈來愈多，一個、兩個、三個……她頓時心急如焚。

由羽希步伐踉蹌，逃離原地，決定暫且躲進介於村子與海邊之間的小倉庫。她不願再逃到沙灘上，但又想不到還能藏去哪裡。

整間小屋都是臭烘烘的魚腥味。雖然她走進村落前就聞到礁岩海岸的氣味，但也不如小屋裡濃烈。漁村的小倉庫會臭合情合理，但由羽希卻懊悔萬分，心想這種刺激性臭味根本和陷阱沒兩樣，也懷疑自己是否情急之下自投羅網。

她倉皇地準備奪門而出，卻察覺愈來愈多詭異的氣息聚集門外。她瞥向窗外，好幾張人臉般的鬼影往小屋裡窺視。

喀噠喀噠。

拉門嘎嘎作響，感覺馬上就要打開。所幸拉門有點難開，阻止了**那東西**入侵，但恐怕也爭取不了幾秒的時間。

由羽希哭喪著臉，左看右看，發現靠在角落牆邊的棧板陰影下有一道非常小的門，從大小判斷應該不是給人進出，而是搬東西用的出入口，但由羽希沒有其他逃跑的管道。

喀啦喀啦喀啦。

背後響起門拉開的聲音，由羽希馬上跳向小門，拚命鑽過，好不容易爬到沙灘上。她起身後便如脫兔般飛奔；儘管雙腳馬上開始痠痛，胸口難受得有如火燒，她還是咬緊牙關跑下去，直到村落外圍都沒停下腳步。她跑個不停，感覺心臟都要從口中跳出來。

當她回過神來，自己已經遠離九泊里，來到松樹林前，距離遺佛寺只剩下一小段路。

＊

「妳來對地方啦。」

天空聽完由羽希描述後如此表示。由羽希打從心底鬆了一口氣，但也開心不過幾秒。

「但我沒辦法馬上幫妳。」

「為、為什麼?」

由羽希出於驚慌,整個人身子趨前,天空卻用氣定神閒到教人忿恨的表情道:

「我得先做點調查。」

「調查什麼?」

由羽希正面逼問,但天空卻回答:

「秘密。」

口氣簡直像個小孩子。

「外婆的喪禮上出了什麼事?」

「也沒出什麼事。」

由羽希起初懷疑天空有所隱瞞,但看樣子所言不假。

「所以你也不知道我為什麼會跑來這裡嗎?」

「現階段一點頭緒也沒有。」

「不會吧……」

「所以才需要時間調查啊。」

「大概要多久？」

由羽希忐忑地問。

「四、五天到一個禮拜吧。」

她沒料到需要這麼久，內心焦急萬分。

「可是我還要上課……」

「現在不是放春假嗎？」

「可是上高中之前還有東西要準備……」

「妳現在這個問題比學校的事情重要多了吧？」

「我該不會要睡在這裡吧？」

雖然對方是出家人，但由羽希還是擔心自身安危，殊不知天空卻派給她某種程度上更嚴峻的考驗。

「這段時間妳從遠巳家過來就好。」

「我、我辦不到啦。」

「還有，妳都挑跟今天差不多的時間過來。」

言下之意，天空不顧沙行者的威脅，要由羽希接下來天天從內之澤千里迢迢過來遺佛寺。

「怎麼可能啦。」

由羽希強烈抗拒。

「你剛才沒聽我說什麼嗎？如果我每天這樣走，遲早會被沙行者抓到的。」

天空頓時板起一張臉。

「所有事情啊，都需要代價。」

「什麼？」

「俗話說的好，免費的最貴。」

「……驅邪要錢喔？」

由羽希不由得擔心對方獅子大開口。

「不用錢。」

天空回答得相當乾脆。

「那代價是什麼……」

「這段期間妳就在這裡幹活，當我的助手。」

「啊？」

由羽希目瞪口呆，一時搞不清楚狀況，天空又接著說出令人難以置信的話。

「這些忌物大多是當事人拿來或寄來的，但光是這樣可稱不上蒐集，有時我聽到疑似是忌物的風聲，也得親自跑一趟回收才行。」

「是去收購嗎？」

「我為什麼要付錢？」

天空一臉鄙夷，由羽希急忙道：

「聽、聽起來好像要在古董店裡面打工一樣……」

「妳也可以當作是這樣，只不過在這邊會叫妳做一些古董店不會做的事情。」

「什麼事情？」

由羽希有不好的預感，一問之下竟得到超乎想像的答覆。

「蒐集忌物時，也會一併蒐集那些忌物牽涉的怪談故事。反了，我本來就是為了怪談故事才蒐集忌物的。總之，我會將蒐集回來的故事打進電腦，希望某天有機會出版，就像根岸鎮衛[11]的《耳囊》或岡本綺堂[12]的《青蛙堂鬼談》那樣。」

由羽希有聽沒有懂，所以乾脆當耳邊風。現在根本不是管這種事的時候。

「所以——我需要做什麼……」

「我會說忌物的怪談故事給妳聽，妳就仔細聽，然後幫我寫下來。」

「我、我不行啦，我國語成績很差……」
「用不著擔心，我只是要妳把聽到的內容記錄下來，之後我自己會再整理成文章。」
「可是……」
「其實妳除了負責記錄，還有一項重要的職務。」
「什麼職務？」
「當一個聽眾。我喜歡聽人家講怪談故事，同樣喜歡說怪談故事給人家聽。而且我在講的過程，也能順便梳理內容。」
「唔……等一下，我會怕啦。」
無論由羽希多不願意，天空都充耳不聞，反而告訴她如果不接受條件，之後就別來了。
由羽希往返遺佛寺的離奇體驗，就此揭開了序幕。

---

11：根岸鎮衛（一七三七～一八一五）原為江戶時代的下級武士，後晉升南町奉行。《耳囊》為他工作之餘費時三十多年編纂而成的十冊隨筆集，收錄當代鄉野奇談與軼事。
12：岡本綺堂（一八七二～一九三九）為明治時代知名劇作家、小說家，是日本戲劇界革新的重要推手，生涯著作等身。

# 第二夜

# 背立者

**後面好可怕……。**

由羽希每穿過一座看似無人的沿海村落都會回頭一望。

**……什麼也沒有。**

她確認過後總會鬆一口氣，可是沒多久又擔心起背後的狀況，因為她感覺得出來——

**有東西跟著我。**

但她冷不防回頭也不見人影，只見寂寥的小漁村風景在陰霾底下綿延，安靜得令人膽寒。

**或許是我多心了。**

她一次又一次如此說服自己，但也自知這不過是敷衍，毫無安慰效果，反倒徒增恐懼。畢竟，假如不是她多心，就是沙行者真的尾隨在後。

每當恐懼襲上心頭，由羽希總是拔腿就跑，全速遠離當下所在的村落。她平常不愛運動，受不了這樣跑。一開始她還能出於逃生本能跑得忘我，但過沒多久雙腳便開始疲勞，速度大幅下滑；而一旦速度掉下來就完了，轉眼間她就會像名醉漢一樣步履蹣跚。儘管如此，她還是咬緊牙關，奮力前進。懷著一顆亟欲脫逃的心，拚命邁向村子的邊界。

道祖神像終於映入眼簾的那一刻，或許是她唯一能感覺到一抹希望的時刻，於是她又稍微湧出氣力，得以再次加快腳程。話雖如此，她也好不容易才能抵達道祖神所在。當她一越過道祖神，總會垂下頭來，雙手撐在腿上，難受地大口喘氣。

……得救了。

然而她只能安心片刻。

有什麼東西站在前面……。

這種恐懼會立即將她淹沒。儘管眼前不見任何東西，只見裸露的土表，她仍能感覺到前方有東西。她認定那是沙行者，但實際上她一無所知。

嘎啊————

隨後便是一陣不若示威、亦不若慘叫的淒厲嘶聲在她身邊迴盪，而這嘶聲彷彿起跑的槍響，驅使由羽希再次邁步向前。

當她再次回神，便來到那條臨海的狹小馬路，夾在高聳險峻的岩壁與狂瀾不斷沖刷的礁石海岸之間。這條聯絡道路連通沿海地區幾座村落，由羽希知道自己來到安全地帶，終於停下腳步，稍事休息後緩緩前進。走在這條蜿蜒小路上，左手邊吹來的海風直往她招呼，右手邊的岩壁彷彿也向她傾斜，充滿壓迫感。走著走著，下一座村落便出現在前方。

從外婆家所在的內之澤出發，前往海岬尖端的遺佛寺，一路上必須經過本位田、蛸壺、寄浪、芋洗、九泊里五座村落。換句話說，由羽希至少得全力奔跑五次。然而她卻不清楚自己剛才到底走出了哪一座村落。

……這個地方好像不太對勁。

她始終感覺這五座漁村宛如冥界——或許內之澤也包含其中。難不成這六座村落所在的整個糸藻澤地區都出了問題？

由羽希這麼一想，渾身發毛，再想到自己距離遺佛寺還有好一段路要走，頓時絕望透頂。不過這份情緒馬上就化為怒火投向天山天空。

她接下來每天，太陽開始西沉時，都要跑一趟遺佛寺。

她必須穿過五座不知為何不見人影的陰森漁村，在沙行者出沒的傍晚時分，長途跋涉前往遺佛寺。而要她這麼做的人，正是天空。

那個臭和尚！

由羽希忍不住在心裡咒罵，然而這股憤怒在她抵達下一座村口時也立刻凋萎，轉而萌生對自己身後之物的恐懼。但如果她顧後失前，也會害自己身陷絕境，因為那東西還會突然現蹤她的去路；雖說現蹤，但其實由羽希肉眼看不見，只能感受到一股不祥的氣息……。

非比尋常的恐懼三番兩次佔據心頭，當她好不容易走出九泊里，也已經身心俱疲，然而前方還有嚴峻的考驗等著她。

她沿著松樹林裡荒蕪的馬路走了一段，路邊出現那條通往遺佛寺的石階。這傢伙可難搞了，不但陡得要命、四處殘缺，還長了青苔，級數更是上百有餘，考量到她前面消耗這麼多體力，這座階梯爬起來肯定要命；但總好過暴露在沙行者的威脅之下，由羽希得這麼想才有力氣往上爬。

當她終於挺過最後一道難關，穿過山門，終於能放下心中的大石頭。她一想到不用再虐待自己的身體，便感覺全身無力，整個人放鬆了下來。只不過，眼前那片閃也閃不掉的殘敗景象，害她安慰的心情須臾之間便遭不安篡位。

這種寺院靠得住嗎？

她這份憂慮完完全全是針對天山天空。她內心終於萌生的一絲希望在轉瞬間消失無蹤，明明她費盡千辛萬苦才來到這裡，這下卻已經想轉身離開。

喵。

說時遲那時快，有隻貓從參道旁的草叢探出頭來。

「黑貓老師，我又來了。」

由羽希心情立刻好轉。光看這隻黑貓磨蹭她的雙腳和身體、繞著她轉一圈的模樣，她就心花怒放。黑貓打完招呼後，前腳併攏坐了下來，由羽希也蹲在黑貓面前，溫柔地摸摸牠的頭。

然而沒過多久，微開的佛堂大門後頭便傳出令人不快的聲音。

「來了嗎？遠巳家的由羽希。」

不用說，這是天山天空的聲音。

「……對，是我！」

她心想除了自己，還有誰無聊到會來這座荒涼的寺院？

「妳還在那邊跟貓玩？趕快進來。」

她老實應聲，卻招來責備，不禁心生不滿。然而她站在有求於人的立場，也沒有埋怨的份。

「我馬上過去。」

她趕緊回應，走過參道，爬上佛堂正面的階梯，脫下鞋子，輕輕推開走廊盡頭輕掩的門扉鑽了進去。

由羽希一進門便被黑暗包圍。她剛剛才走在——雖然基本上都是用跑的——愁雲密布的天空下、光線昏暗的薄暮中，不過在她眼裡，佛堂內仍異常晦暗。整間佛堂的光源就只有佛壇兩側燭台上的蠟燭。

「為什麼不開天花板上的——」

電燈。由羽希原本打算這麼問，天空卻突然拜託她一件奇怪的事情。

「那隻貓很傷腦筋，每次自己開門出去都不關門。妳幫我說說牠，叫牠記得關門。」

順帶一提，他人盤腿坐在佛壇前，貌似正細細端詳一面昂貴的壁掛鏡。

「我、我去說嗎？」

「妳跟那隻貓不是感情很好嗎？」

「是還不錯啦……」

由羽希走向天空，右腳不小心踢到東西，發出喀鏘、喀啷……的聲響。

「喂，妳小心點好不好。」

「對、對不起。」

她低頭一看，發現自己踢到一個類似香爐的東西，然後香爐滾走撞到了一個很像牛鈴的東西。

「妳聽好，這些東西——」

「都是那什麼忌物對吧，我知道。」

由羽希在挨罵前先低頭，表示自己明白。

「既然妳都知道了，走路就要看路啊。」

「……好。」

話雖如此，佛堂地上幾乎堆滿了忌物，根本無路可走，只有天空坐的地方還有一點空位。

「別杵在那，坐啊。」

然而天空毫不在意這片狼藉，理所當然地指著自己面前，要她坐下。

「我要坐……那裡嗎？」

天空面前有一尊日本傳統人偶裝在裂開的玻璃盒裡，還有一件半邊袖子破掉的藍色洋裝、一隻缺了雙眼的小熊玩偶、一個用黑色蠟筆畫滿叉叉的名牌包，這堆東西一看就知道有蹊蹺，怪不得由羽希會退縮。

天空一眼看穿了她的膽怯。

「不用怕，這堆不是寺裡最恐怖的忌物。」

「真的嗎？」

雖然由羽希不太相信，但看著天空那張俊秀的臉龐，卻莫名覺得這個人不會說謊。

「沒錯，我跟妳保證。」

但也不能否認他只要一開口就令人猜疑，或許是因為他那口鄉土味十足的腔調聽起來很怪的關係。

「妳就隨便整理一下，趕快坐。」

天空見由羽希慢吞吞的，似乎有點耐不住性子，由羽希只好要收拾不收拾地撥開東西，在他面前坐下。

「妳今天來的路上有什麼感覺？」

由羽希還來不及喘口氣，天空便突然提問。

「還能有什麼感覺，反正就很辛苦。」

「講得具體一點。」

她應天空的要求開始描述，說著說著漸漸感覺到一股火氣。

「反正就跟一開始——就是昨天——碰到的狀況一樣。你應該早就料到事情會這樣了吧？」

然而天空看起來一點也無所謂。

「妳真的什麼都沒看到嗎？」

「……沒有，只有感覺到氣息。可是絕對有東西。」

「假如妳感覺背後有什麼奇怪的氣息，通常真的是有一些不好的東西在那裡，無論妳是擠在塞滿人的電車上，還是一個人搭電梯，或是自己待在房間。簡單來說，這種感覺有點像某種指標。」

「無論什麼時候感覺到都是嗎？」

由羽希心想總不會這麼誇張吧，而天空毫不避諱道：

「當然大多時候只是我們自己疑神疑鬼，但也不能鐵齒，畢竟人的背後本來就很容易和靈界產生連結。」

「呃……為什麼？」

「因為背後是人絕對看不見的空間，而魑魅魍魎就愛藏在人看不見的地方——或許這也是為什麼人們總說，假如看到背對自己現身的東西，肯定是妖魔鬼怪。」

「唔——我聽不太懂……」

「像亡船就是這樣。」

「啊？」

「妳不是糸藻澤人嗎？怎麼會不知道亡船？」

天空一臉詫異，由羽希為自己辯白。

「我媽才在這裡出生長大，我只有學校放假的時候會過來。」

「妳沒聽妳遠巳家的外公講過這方面的故事嗎？」

「他只有某次開車載我過來這裡的路上講過沙行者的事情，其他的就……」

「這樣啊。怪不得妳從我口中聽到『沙行者』的時候也不覺得奇怪。」

「沒有，那個時候我也搞不清楚狀況。」

天空看似釋懷，由羽希卻不然，然而她現在有其他更好奇的事情。

「所以是什麼亡船？」

「亡船就是載著海上罹難者靈魂向妳靠近的小船；船幽靈也是類似的靈異現象，差就差在船幽靈靠近的時候會跟妳借勺子舀水。但如果妳傻傻借出去，船幽靈就會一直把海水舀到妳船上。」

「那樣不就會……」

「最後妳就會沉船。所以假如碰到船幽靈，必須交出底部破洞的勺子。」

「這樣就舀不了海水的意思嗎？」

「就是這麼一回事。」

「我怎麼覺得想像起來還滿蠢的……」

由羽希一想到船幽靈用破勺子拚命舀水的模樣就覺得滑稽，還差點笑出來。不過天空的表情始終正經。

「就連我也不認為真的有什麼跟人借勺子的船幽靈，但想必是有人碰上類似的詭異經歷，才會留下這樣的傳說。我認為應該將這種傳說視為老祖宗對大海的敬畏，還有對後人的警告。」

「我、我也沒有當笑話看的意思……」

由羽希急忙挽救，但天空也不管她，逕自說下去。

「至於亡船的情況是，妳看到一艘小船朝妳靠近，船頭好像坐著人，而且還是背對的姿勢。妳好奇那個人在幹嘛，看著看著，驚覺大事不妙，船尾竟然沒有舵手。可是這艘小船還是滑過海面，慢慢、慢慢向妳逼近。那艘船只載著一個背對妳坐在船頭的人，卻能照常前進。」

「如果碰上亡船怎麼辦？」

這次由羽希光想像那個狀況就害怕了起來，於是問天空該如何是好，但天空的回答卻令她愕然。

「什麼都別做。」

「不會吧……不用逃跑嗎？」

「如果亡船是從前面過來，就裝作沒看到和它擦肩而過。如果是從後面追上來，就放慢自己的船速讓它超車。但擦肩而過後千萬不可以回頭，被超車後也絕對不可以抬頭。」

「為什麼？」

「避免看到**那東西**的臉哪。」

「如果看到了怎麼辦？」

「那它就會追妳追到天涯海角，直到妳被大海捲走。」

**我不該多問的……**由羽希後悔莫及。她每天來這裡的路上都會經過海邊，想到萬一自己走在村落之間的聯絡道路時，亡船突然從海上靠近，她就害怕得要命。

「可、可是只要不搭船出海，就沒有任何問題了吧？」

她希望從天空身上得到肯定的答案，但天空的回答卻有弦外之音。

「以亡船的情況來說，是這樣沒錯。」

由羽希心頭一驚。

「你的意思是還有其他一樣的東西嗎？」

她怯怯地發問，天空又講了些駭人聽聞的話。

「妳有沒有這種經驗：妳走在路上，突然看見前面站著一個人。那個人背對妳，站在原地一動也不動，既不是在看牆上的海報，也沒有在用行動電話或智慧型手機，就只是傻傻站在那邊？」

「可能有碰過一兩次吧。」

「妳有上前搭話嗎？」

「當然沒有。」

「為什麼？」

「因為我不認識他們啊。」

「妳沒搭話是對的，因為那十之八九不是人。」

「什麼意思……」

「我不是說了嗎？背對我們現身的東西，肯定是妖魔鬼怪。」

「…………」

由羽希無言以對，但天空似乎也不太在意。

「前言就說到這，是時候來談談忌物了。」

「你還要講恐怖故事喔？」

「妳耍寶啊？接下來才是重頭戲。」

「你要講那面鏡子的事情嗎？」

由羽希畏畏縮縮地指向天空面前的壁掛鏡。

「一開始是這樣打算沒錯，但跟妳聊著聊著就改變心意了。今天就講這個吧。」

天空拿起地上一雙平凡無奇、破破舊舊的室內拖鞋。

「呃，那個？」

雖然由羽希覺得那面老舊的鏡子挺恐怖，卻也感覺滿漂亮的。殊不知天空拿到由羽希面前的，竟是一雙廉價的拖鞋。

不過天空完全不顧由羽希的反應，談起那雙拖鞋過去牽扯的詭異故事。

「事情發生在距今十二、三年前某位女大學生的身上，這個女大學生的名字，我想想……就假設她叫佐津紀吧。事發地點在某座國立大學所在的地方小鎮，那裡有一間相當老舊的公寓，或說很像以前那種下宿[13]的地方，一切就要從她住進了那棟公寓開始說起——」

＊

佐津紀上了大學，尋找租屋處時，發現一間位置絕佳的物件。

那裡距離大學路程十分鐘，位於斜坡的中途，那一帶家家戶戶只有左側用石頭堆成一堵牆，所以整排透天都建在砌石牆之上。接近坡頂處，有一幢特別大的房子，遠看像座歷史悠久

13：下宿：一種傳統宿舍的形式，通常玄關、飯廳、衛浴設備皆為共用，租金也較低廉。

的宅邸。

她按捺興奮的心情，爬上砌石牆之間的「く」字形石階，建築物的玄關躍然眼前。光是進門方式就吸引了她。雖然這棟民宅空間狹隘，但南邊還是有庭院，看出去的視野也很棒，總之位置真的無可挑剔。

但有個大問題，其實從「幸福莊」這麼老派的名字也不難推知屋況，這座建築物殘舊不堪。這座兩層樓民宅的屋齡已有數十年，不管誰如何恭維，外觀也只能說和廢墟沒兩樣。不，不只是外觀，就連內部也處處失修。至少對一個嚮往大學生活、還是第一次搬出來自己住的女孩子來說，這裡都不會是令人抱持積極意願居住的地方。

不過佐津紀還是好好進門看房。一進玄關，便有一小塊水泥地用來換鞋子，左邊有鞋櫃。當她得知這裡竟然還要換室內拖鞋，不由得略感衝擊。

這不就跟一般人家裡一樣嗎？

她腦中冒出「下宿」這個詞，但在她心裡，下宿只是昭和時代的遺物，並不清楚實際上那是什麼樣子。

她換上訪客用拖鞋，正面就是一樓走廊，右前方則是通往二樓的樓梯。一樓走廊左邊為一號房到六號房共五間房——因為忌諱的關係所以沒有四號房——最裡面有座狹窄的公共廚房、儲藏間和廁所。爬上陡斜的樓梯來到二樓，一樣走廊左邊有七號房到十一號房共五間房，最裡面是公共儲藏間和廁所。

每個房間都是三坪左右大，附一座小小的洗手台和壁櫥，窗戶統一面南。順帶一提，屋裡沒有多餘的空間放浴缸和洗衣機；每間房的房門皆為水平開關的拉門，走廊和房間僅以木板牆隔開，看起來相當寒酸。想必建成當年還是很華美的，只是如今已不復往昔的風采。

帶佐津紀看房的男性房仲姓仲井，他說：

「這裡位置很好，如果改建成漂亮的現代公寓，應該馬上就會被大學生租光了。」

他聽起來分外感慨，所以佐津紀也自然而然問起：

「目前沒有改建的計劃嗎？」

「房東他，不怎麼同意哪。」

「會不會是因為太花錢了？」

「房東也一把年紀了，我想是對這棟房子有感情吧，對房客也……」

仲井話說到一半便打住，或許是意識到這方面的話題不適合與看房的客人多談。

「要是真的整棟建築物翻新，換一群大學生住進來就好了。」

但他仍說了些意有所指的話，肯定是沒料到她會住進這座幸福莊。

「我決定就租這裡了。」

因此佐津紀一這麼說，仲井便難掩驚訝。

「您確定嗎？」

他甚至還向佐津紀再三確認，簡直有失房仲的體統。

「對，麻煩你帶我簽約。」

佐津紀看上的是租金。雖然這裡離大學有十分鐘的路程，但每月租金低於那一帶行情的一半，考量到家裡給的生活費，這個價格能大大減輕她的負擔。

仲井原本態度親切，但一察覺佐津紀沒有在開玩笑，便莫名冷淡了起來。他可能以為年輕女性應該會想租一些更漂亮、更方便——租金也更貴——的地方，又或者是出於其他理由，不過佐津紀當然無從得知他為何態度驟變，只覺得不是滋味。

佐津紀租下二樓的十號房。她希望窗外視野好一點，所以最後還是選了二樓的房間。二樓剩下九號房和十號房兩間空房，仲井告訴她十一號房的房客大多時間都不在，她一聽馬上決定承租十號房。因為房間的牆壁一看就知道很薄，租這間就不必顧慮兩邊鄰居了。

不過當她表明要十號房時，仲井又露出一副難以言喻的神態，令她有些在意。

「九號房跟十號房應該沒有差別吧？」

她向仲井旁敲側擊。

「是，不過九號房的風景可能好一些。」

佐津紀驚訝，仲井的回應竟如此沒有說服力，她心想這兩間房從窗戶看出去的景象哪有可能不一樣。

於是她坦承自己選擇十號房的理由，仲井才了解情況，但他又重複了同一句話。

「是，十一號房的房客幾乎不會回來的樣子。」

他到底想說什麼，到底有什麼意圖，為什麼兩次提到十一號房的房客？

但佐津紀也沒能當場問個清楚，便跟著仲井回到車站前的房仲公司，簽下幸福莊十號房的租約，直到最後也沒解開心頭疑惑。

不過當她正式開始在幸福莊生活，沒多久就忘了當時的事情。儘管建築物又破又髒，大學認識的朋友每一個都驚訝她竟然住在那麼恐怖的地方，她還是很享受人生頭一次獨自生活的解脫感，所以並不是很在意。公共澡堂就位於幸福莊和大學之間，裡面還有投幣式洗衣機，澡堂隔壁又是超市，方便採購日用品和食物。換句話說，她幾乎能在上下課的路上解決一切日常生活所需。

她起初還對其他房客有所顧慮，但住進來後發現自己只是杞人憂天，整座幸福莊只有她一個學生，其他房客都是社會人士，而且很多年紀還不小，她心想這也很值得慶幸。

如果有其他學生房客，她免不了要交際一下，而既然住在同一棟公寓，對方如果主動接近她，她想躲也躲不掉，尤其幸福莊這種堪比下宿的格局更是如此。但既然其他房客已經出了社會，他們就連接觸的機會也少，畢竟彼此的生活作息經常錯開，就算聊天也不知道要聊什麼，所以大多數房客頂多只有碰面時會打聲招呼。

幸福莊一樓只有三號房空著，其他四間都有人住。六號房的房客是一位姓「木藤」的女性，年約七十，除此之外佐津紀一無所知。其他三間房的房客都是男性，分別是四十五歲上下、五十歲左右、接近六十歲，但她也不清楚哪個人住哪間房。

佐津紀通常要使用公共廚房時才會下來一樓，但從來沒在廚房碰過他們，也沒看過木藤。她不禁訝異，難不成所有人平常都吃外面嗎？雖然這樣想很失禮，但她認為會住在這裡的人經濟上都比較拮据，所以很難想像他們竟然不自己開伙，還有閒錢可以吃外食。

二樓七號房的房客是一名姓「草壁」的男子，年約三十；八號房房客是一名姓「水脇」的女性，年過二十五。佐津紀和草壁之間的關係也和其他一樓房客一樣，只有碰面時會簡單打個招呼，不過她和水脇倒是挺親近的，因為水脇也會自己開伙。

水脇任職於縣政府，生活作息比其他房客規律許多，所以佐津紀晚餐時間經常在廚房碰到她，自然而然也就說上話了。而且她們的年紀在所有房客裡最相仿，也有共同的話題；但正因如此，佐津紀心生疑竇：像她這種年輕貌美的女子怎麼會住在幸福莊……？

「我正在存結婚的資金。」

有次她們聊起彼此在生活上如何省錢時，水脇才透露這件事情。佐津紀豁然開朗，但又感覺背後有其他複雜的原因，畢竟水脇的老家就在同一個縣市，她卻刻意離家住進這裡。

難不成是父母反對她的婚姻……之類的？

佐津紀雖然在意，但水脇並沒有繼續說下去，她也不方便出於好奇追問。儘管如此，她們還是在互不侵犯彼此隱私的狀況下加深了交情。

至於十一號房的房客，只知道是一名姓「遠場」的男子，年齡不詳。就連入住五年的水脇也只看過遠場三次，其中兩次還只看到他的背影，唯有一次和他面對面碰頭。

「起初我還覺得他很年輕，但在走廊上擦肩而過的時候一看，發現他年紀好像也不小了。可是事後回想起來，又對他長什麼樣子一點印象也沒有，完全想不起來這個人大概幾歲、給人什麼樣的感覺……」

「五年來只見過三次，代表他一年不見得會回來一次？」

佐津紀驚訝問道，水脇則搖了搖頭。

「倒也不是這樣，因為每隔幾個月，半夜都會聽到聲音……」
「是遠場先生回來嗎？」
「嗯，我聽到有人走樓梯上來，一路往二樓走廊裡面走去的聲音。我搬來到現在，九號房和十號房一直都是空房，所以我想那肯定是遠場先生。」
「什麼？這五年來都沒人租嗎？」
水脇見佐津紀面帶訝異，笑著說：
「這裡破成這樣，只有吃飽沒事做的人——啊，當然像我們兩個這樣出於經濟考量的另當別論……這樣想想，搞不好其他人也是。但感覺只有遠場先生是基於其他理由才住這邊的，老實說他給人的感覺不太舒服。」
「他怎麼了嗎？」
佐津紀有種撞見恐怖東西的心情，水脇露出困擾的表情。
「也沒怎麼樣，但就是哪裡怪怪的。我想到了，他半夜回來的時候，都會發出喀噠喀噠喀噠……這種乾巴巴的怪聲，聽起來很像一些薄薄的木板碰來碰去，很難形容。但說到奇怪，走廊傳來的腳步聲也滿奇怪的。」
佐津紀強烈希望自己睡覺時不會聽到那種聲音……。

「而且他還一個人霸佔了十一號房隔壁的儲藏間。那明明是共用的，而且還比一樓儲藏間寬的說。」

佐津紀心想大不了跟房東說一聲就好，但包含水脇在內，好像所有房客都容忍了他的行徑，因為他們的東西也沒有多到要放儲藏間。佐津紀的東西也不多，所以這件事情也沒有造成她任何困擾。

除了水脇之外，佐津紀和其他房客幾乎沒有往來，唯有和木藤之間形成了一種詭異的關係。雖然那好像也稱不上什麼關係。

事情始於佐津紀入住兩週過後的某天傍晚，她在廚房準備自己的晚餐時，六號房的門倏地打開，木藤溜了出來。佐津紀嚇了一跳，但還是打了招呼，這時木藤說了句奇妙的話。

「那樣不會好吃吧。」

佐津紀頓時心頭火起，心想這人憑什麼批評她的廚藝，但隨即又察覺對方的說法有些古怪。木藤不是說「看起來不好吃」，而是「那樣不會好吃」。

「請問這是什麼意思？」

佐津紀不由得問道，但對方沒有回答。她又換了個方式問，對方仍舊不發一語，她只好回過頭來繼續煮菜，而木藤站在走廊一會，又倏忽躲回自己的房間。

那次以來，佐津紀在廚房做飯時，木藤偶爾會像這樣從房間跑出來搭話。她在閒聊天氣、電視節目之類的話題時都很正常，可是一旦談及佐津紀正在做的飯菜，她總會變了一個人。

「那樣不會好吃吧。」

而且她總會說同一句話。

「妳是說這道菜嗎？我到底做了什麼會讓這道菜不好吃？」

佐津紀每每問她什麼意思，木藤卻從未告訴她。不知道問了幾次，木藤才終於解答，但佐津紀聽了也滿頭疑問。

「因為妳在做的事就跟黃泉戶喫一樣哪。」

雖然佐津紀聽不懂，但印象莫名深刻，於是飯後她打開電腦，上網查了意思，震驚不已。

黃泉戶喫的意思是：吃下黃泉爐灶煮出來的東西。由於黃泉是往生者的國度，假如生者吃下黃泉的食物，將再也無法重回人世。其典故出自《古世記》[14]和《日本書紀》[15]皆有記載的一則傳說：當年伊邪那岐命[16]興嘆伊邪那美命不該絕，決意遠赴黃泉帶她回來，無奈伊邪那美命已經吃下黃泉爐灶煮出來的東西，所以伊邪那岐命也回天乏術了。

佐津紀讀著解說，莫名一陣火燒心。她明明沒用過什麼壞掉的食材，也都照著一直以來習慣的方法做菜……。

難道她是指廚房不衛生？

那間廚房確實怎麼樣都稱不上乾淨，但佐津紀每次使用過後都會清理，水脇也是；而且這間廚房基本上成了她們倆專用的空間，其他房客也沒機會弄髒廚房，所以佐津紀完全想不出木藤有什麼地方可以挑她毛病。

她起初還覺得不寒而慄，但恐懼逐漸轉為氣憤。話雖如此，她也不能衝著六號房破口大罵，只好下一次在廚房碰到水脇時低聲抱怨幾句。

「她也對妳這麼說？」

水脇的回答令佐津紀大感意外。

「我剛搬進來的時候她也這樣找我碴。」

「所以妳知道黃泉戶喫的意思是……」

「嗯，我知道。可是我想不透她為什麼要這麼說。」

「會不會是因為這裡原本是垃圾場還是什麼？」

---

14：古世記：日本最早的史書，約成書於西元七一一年。全書分成三卷，上卷收錄神話傳說、中下卷紀錄天皇事跡。

15：日本書紀：日本首部編年體正史，以漢文記述。成書於西元六八一年～七二〇年。與《古事記》並稱「記紀」。

16：伊邪那岐命：又稱伊邪那岐，日本神話中的開天闢地之神、日本諸神之父。伊邪那美命為其妹兼其妻。

「我想應該不是，這裡在幸福莊蓋起來之前只是一座山。我離開老家時，只有告訴我奶奶我要搬來這裡，然後她就跟我說：『那裡以前是一座有很多狸貓出沒的山。』」

「那不然……」

「反正我跟妳吃了這裡煮出來的東西也沒生什麼病，我覺得妳不用在意啦。」

後來木藤還是老說著同一句話，但佐津紀不再搭理她，過一陣子後木藤也不說了。只不過，偶爾會有一股惡臭在烹調時或吃飯時飄出來，像燒橡皮筋的味道，令佐津紀有點困擾。她在廚房弄好飯菜後都會端回房間吃，所以看起來也不是因為聽了太多木藤的話，害她對廚房產生了不好的印象。於是她又猜是食材的問題，但想來想去仍覺得不是。

那到底是什麼原因？

佐津紀百思不得其解。她問水脇有沒有相同經驗，但水脇說沒印象。得知只有自己碰上這種事情，佐津紀不禁心生恐懼，不過那股臭味總是來得猝不及防，又轉瞬即逝，所以她後來也不怎麼放在心上了。然而隔壁房詭異的動靜可不是這麼一回事。

以公寓來說，幸福莊安靜得不得了，白天時頂多聽到木藤住的六號房傳出一點電視聲，除此之外一片幽靜。而且電視的聲音不至於擾人，入夜後也很快就聽不見了，於是整棟房子就像座墓園那樣被寂靜包圍。幸福莊周圍也是住宅區，所以外頭同樣安靜，甚至能微微聽見遠方幹道上的車聲，還有更遠方電車行駛的聲音，這對佐津紀來說反而很放鬆。她尤其喜歡自己入睡之際，聽著電車在鐵軌上咔噠叩咚、咔噠叩咚……那聲音就像搖籃曲，總令她泛起一陣鄉愁。

然而在她搬進來一個半月過後的某個夜晚，她突然意識到其中混雜了一些奇怪的聲響。

那時是凌晨一點，她和平常一樣還沒睡著，但已經躺在棉被裡半夢半醒——

……嘶、……嘶。

聽起來很像漏氣的聲音。她朦朧的意識慢慢恢復，可是當她豎起耳朵，卻又沒聽見任何動靜。

**是我聽錯了嗎？**

而後她準備再次沉入夢鄉——

……哆、……哆。

又聽見了聲響，這下她差不多醒了。那聲音很奇特，聽起來跟剛才的聲音很像，可是又有哪裡不太一樣。

**到底是什麼聲音？**

她出於好奇側耳傾聽，但那聲響似乎已經平息，悄然一片。

後來她再度入睡，當晚的事情也到此結束。

幾天之後，她又一次被這奇怪的聲響吵醒。

……嚓、……嚓。

她終於想到，這或許是人說話的聲音。嚴格來說，是話講到最後的氣音，怪不得這些聲音聽起來很像卻又有哪裡不太一樣。

她起初猜是樓下木藤的房間有訪客留宿，隨即想到如果是那樣，應該不會這麼晚才有聲音，更何況她從來沒聽過樓下傳來談話聲。不光是木藤的房間，基本上根本不會有外人造訪幸福莊，就連佐津紀的大學同學也對於來這裡找她意興闌珊。

而且這個聲音好像也不是來自一樓……。

那又會是從哪裡……。

她愈想腦袋愈清晰，導致她那晚輾轉難眠。

後來又過了幾天，她就要睡著時，又被那類似談話聲的模糊聲響吵醒。

到底是怎樣啦。

佐津紀心煩意躁，但——

……喲、……喲。

當她察覺這些宛如回音的細碎人聲來自何方，頓時不寒而慄。

是隔壁傳來的嗎？

而且不是來自沒人住的九號房，是至今她從未見過房客回來的十一號房。那陰鬱的呢喃，聽起來是從遠場的房間傳出。

難不成……。

遠場神不知鬼不覺地回來了嗎？如果是，那他又是和誰一起回來的，還是他在自言自語？

不對，都不是。

這音量小到不像交談或自言自語，這裡隔間牆這麼薄，就算他真的壓低聲音講話也不至於這麼模糊不清。

那是更更更小的聲音……。

而且奇怪的是，那些聲音明明都從十一號房傳來，位置卻一直在變動。

他在房間裡走來走去嗎？

可是佐津紀也感覺不到有人在走動，除了類似呢喃的陰鬱聲響之外，隔壁幾乎沒有任何動靜，然而那神秘的囁嚅卻從隔壁房各個角落傳來。

到底……。

半夜的十一號房裡是什麼狀況？

佐津紀想找水脇商量，偏偏就是在廚房碰不到她。佐津紀猶豫要不要去她房間一趟，但總感覺她們的交情沒好到這種地步。

於是她將這件事告訴一個比較要好、也來幸福莊玩過幾次的大學朋友，對方叫她「趕快搬走，不要待在那麼噁心的地方」，然而佐津紀的經濟條件並不允許。她不知道該如何是好，但沒想到時間解決了一切。

佐津紀不久後便習慣那種低語似的聲音了。而且就算隔壁每天晚上都會出現這些聲音，她也不見得聽得到，比方說她只要放點小小聲的音樂就完全聽不到了。她為了不去聽那些呢喃，盡量將注意力擺在廣播和音樂上，久而久之就不怎麼在意了。

**雖然問題完全沒有解決……。**

她心知肚明，但現階段也只能將就，設法讓自己不要聽到那些聲響。不過這些治標不治本的方法，還是幫助她成功安睡。她音樂和收音機都轉得很小聲，所以樓下的房客也不曾抗議，至此她的煩惱總算告一段落。

學校一放暑假，佐津紀就開始打工，因此她不再熬夜，睡眠時間提早。雖然隔壁房間半夜還是會傳出聲音，但她下班後總累得半死，夜夜呼呼大睡，無須借助音樂或廣播也能一覺好眠。

連日打工的生活持續到八月初，某晚她照常累得倒頭就睡，但半夜莫名轉醒過來。

……又是隔壁嗎？

她立刻豎起耳朵，卻完全沒聽見那些呢喃。

那又是哪來的聲音……。

她起疑不過片刻，走廊方向就傳來一陣動靜，害她心頭一震。

咿……吱……嘎……。

聽起來像是有人上樓的腳步聲。

難道是遠場先生？

佐津紀心想隔壁的房客終於回來了，整個人繃緊了神經。

嘎吱、吱……。

上樓的人似乎試圖放輕腳步，但樓梯仍嘎吱作響不住，聽在佐津紀耳裡像極了妖怪的厲聲。

唰噠、唰噠、唰噠……。

後來，佐津紀聽見走廊上傳來腳步聲，而且那腳步聲確實如水脇所說，真的很奇怪，但她也不清楚到底是怎麼個怪法。

喀噠喀噠、喀噠……。

她也聽到了水脇提過的乾巴巴聲響。

那是什麼聲音？

佐津紀腦中浮現好幾條細長木板塞在背包，互相碰撞的情景，但她也猜不透那些木板究竟會是什麼。

佐津紀聽著腳步聲接近，漸漸害怕了起來。她暗揣外面的人是遠場，而他只是準備回十一號房，儘管如此，佐津紀內心的恐懼依然有增無減。

……唰噠、唰噠、唰噠、啪噠。

走廊上的腳步聲停了下來，而且還停在十號房門前。

我有鎖門嗎？

佐津紀通常習慣進門就上鎖，但也經常忘記。因為她心想走廊沒有面對戶外，便老是漫不經心。

他該不會打算開我的門吧……。

佐津紀認為不可能，卻一點把握都沒有。她竭盡全力思考對方如果闖進來，她要怎麼逃跑。

……唰噠、唰噠、唰噠。

不過腳步聲再度往走廊後面走去，接著傳來鑰匙插進門鎖的聲音，顯然那個疑似遠場的人進了隔壁房間。

「……呼——」

佐津紀剛才不由自主停止呼吸，現在終於能大喘一口氣。她取笑自己竟有一瞬間冒出遇襲的妄想；話雖如此，她對隔壁鄰居的畏懼並未因此減退，反倒自那晚之後更勝以往。

因為整個晚上，十一號房都隱隱約約傳出那種詭異的聲響。

喀噠……叩叩……叩咚……。

隔天早上，佐津紀一臉倦容出門打工，心想如果晚上再聽到那些噪音，她就要去隔壁抗議。但問題是，她也不清楚自己有沒有膽這麼做。

佐津紀下班回家，在廚房弄晚餐時，碰上許久不見的水脇。水脇搶在她之前主動提起了前一晚的聲響，於是佐津紀也談起隔壁房傳來的聲響。水脇聽了頗為好奇，但也猜不透遠場在做什麼。佐津紀還在擔心當天晚上怎麼辦，水脇便安慰她：

「我想他應該在妳出門打工的時候又離開了。」

水脇說對了，那晚完全感覺不到隔壁房有人，反倒還因為太安靜，變回之前那種時不時會聽到詭異呢喃的狀況。

她就這麼住了兩年，期間每隔幾個月，遠場都會在佐津紀就快忘記隔壁鄰居的存在時突然回來，但佐津紀尚未親眼看過他，因為遠場總是挑大半夜回來。

她與鄰居如此怪異——或許也算穩定——的關係，在她升三年級那年春天的某晚突然生變。

三年級要上的課遠比一、二年級少，而且上午幾乎都是空堂，佐津紀也因此更常熬夜。但她倒不是晚上和朋友出去玩，只是花更多時間讀自己喜歡的書，也讀得更晚才睡覺。

某天晚上，時間已經凌晨兩點半，但她就快看完手上的書，所以打算熱杯牛奶一口氣讀到最後。

佐津紀從小冰箱拿出盒裝牛奶，從書櫃兼餐具櫃拿出馬克杯，將適量的牛奶倒入馬克杯，躡手躡腳走出房間。只有一樓廚房可以加熱牛奶，雖然麻煩但也沒轍。

儘管時序入春，深夜還是寒氣逼人，走廊上黯淡的燈光更增添幾分冷峭。佐津紀來到走廊，馬上打了個寒顫，差點將杯中牛奶濺灑出來。

她緩緩移動腳步，靜靜穿過走廊，經過八號房和七號房時腳步放得更輕；下樓梯時也是，她大致知道每級階梯哪個部分會軋軋作響，所以盡量避免踩到那些地方。但她再小心還是難免發出聲音，每當樓梯突然響起一聲「吱……」，她心跳總要漏一拍。

或許佐津紀走樓梯走得太專心，所以直到剩下三階的時候，她才看見那東西。

那是誰的？

樓梯口與玄關交會的木板地上有一雙室內拖鞋，而且還併攏放得好好的，像是讓人方便走下樓後直接穿上。

有人忘了收起來嗎？

佐津紀原本打算將拖鞋收進鞋櫃，但又不知道是誰的。算了。

她盡可能輕手輕腳走進廚房，將杯中的牛奶倒入小鍋子，放到瓦斯爐上加熱。

……等一下，那不是很奇怪嗎？

室內拖鞋拿出來，代表拖鞋的主人出門了。但考量到一般換穿鞋子的流程，拖鞋應該會放在更靠近玄關換鞋的地方，然而那雙拖鞋卻放在樓梯口底下。樓梯口和脫鞋處有段距離，成年男性也得走個兩、三步，怎麼會有人把拖鞋放在那裡？

噗咻、滋滋滋——

佐津紀一個不留神，牛奶已經開始亂噴，她急忙關掉瓦斯爐，將沸騰的牛奶倒入馬克杯，迅速刷洗鍋子。雖然這稍微分散了她的注意力，但她一想到待會端著滾燙牛奶走回去時，又要看到那雙拖鞋，不禁心一沉。

佐津紀刻意繞大圈閃過樓梯口的神祕拖鞋，再度輕聲回到十號房，搞得自己回到房間時莫名疲勞。不只是因為她一路躡手躡腳，那雙拖鞋也害她在意得不得了。結果那天晚上她沒有繼續看書，喝完熱牛奶就睡了。

之後又過了四天，晚上佐津紀突然想喝熱紅茶。她房間有一台便宜的小熱水壺可以煮水，但不巧紅茶沒了。

看來只能跑廚房一趟了。

廚房裡有房東準備的基本調味料，其中不知為何還包含紅茶茶包。據木藤所說，「雖然房東本人不喝，但常常收到別人送來的紅茶」。

希望茶包還有剩。

佐津紀替電熱水壺裝滿水後按下開關，走出房間。她悄悄走在走廊上，想起了四天前晚上的事情。

不知道那雙拖鞋後來怎麼樣了……。

那晚過後的早上，她晚些時候去看，拖鞋已經不知去向，不知道是有人穿回房間還是收回鞋櫃。

到底是哪一號房的人……。

她想著想著便來到二樓樓梯口，正當她準備小心翼翼走下樓梯，卻不經意停下腳步。

咦……。

四天前那晚的拖鞋，這次放在靠近樓下的階梯上。佐津紀在一片幽暗中定睛一數，算出那雙拖鞋放在一樓數上來的第四階，兩隻拖鞋併得整整齊齊，鞋尖朝向玄關……。

在佐津紀看來，簡直像那雙拖鞋從四天前的晚上開始，每晚都往上爬一階樓梯。假設它真的一晚爬一階，今天也確實會爬到第四階。

不會吧……。

她心想哪有這種事。再者，假設真是如此，就代表拖鞋是倒著爬樓梯。

佐津紀這時回想起某天深夜，那個她認為是遠場的人回房間時發出的詭異腳步聲。

……唰噠、唰噠、唰噠。

難不成那是倒著走的聲音？

她感覺眼前即將冒出一些常人不該想像的畫面，連忙折返回房，心想現在可不是泡紅茶的時候。

隔天晚上，佐津紀滿腦子都是那雙拖鞋的事情，但實在不敢到樓梯確認，再隔天也一樣；

但到了第三天晚上，她反而覺得不確認一下更恐怖。搞不好在她不理不睬的這幾天，那雙拖鞋仍以一晚一階的速度慢慢爬上樓。

這也太荒謬了。

她白天還這麼覺得，但隨著夜色漸深，她益發擔憂自己的懷疑成真。於是那雙拖鞋從此再也離不開她的腦海，就算她想看書也完全無法集中精神。

她那晚憂來煩去，還是下定決心一探究竟。不過她拖了很久才鼓足勇氣，一直拖到凌晨三點過後才跨出房門。

她盡可能不動聲色，穿過走廊來到二樓樓梯口，畏畏縮縮地往樓下一瞧。

……還真的是。

一雙室內拖鞋就放在樓梯上。她克制自己掉頭逃跑的衝動，耐著性子算出拖鞋擺在一樓數上來的第七階。換句話說，這雙拖鞋確實如佐津紀所想，每天晚上都往上爬一階。

佐津紀強忍雙腳的顫抖，細數樓梯的總階數，總共是十六階，所以從今天算起九天之後，那雙拖鞋就會爬上二樓了。

接下來……。

她自然而然想到十一號房，並猜想那雙拖鞋是朝著遠場的房間前進。她當然不清楚緣由，甚至根本不知道那雙拖鞋究竟是什麼東西。不對，那雙拖鞋應該就只是普通的拖鞋，但讓拖鞋那樣動起來的東西卻是一團謎。

她壓抑自己拔腿落跑的衝動，慢慢地、悄悄地折返回房。

還是有人在惡作劇？

一般人應該會先懷疑這種可能，但佐津紀直到回房間才想到。這裡每一位房客都有可能知道佐津紀習慣熬夜，偶爾還會下一樓廚房弄東西，不過她馬上否定了這個可能，因為她想不到誰會有嫌疑。如果是推理小說的情節，還可以推測犯人的動機是為了將她趕出十號房，可是在幸福莊根本不可能發生這種事。話雖如此，這種行為又不像單純的騷擾。

果然真的是……。

隔天早上稍晚，佐津紀等木藤出門後檢查鞋櫃。其他房客早就上班去了，所以她只要打開鞋櫃，就能看到所有房客的拖鞋。

她從一號房依序檢查，果不其然，她懷疑有問題的那雙拖鞋就是十一號房，遠埸那一房的拖鞋。

他回來了嗎？

這個念頭一閃而過，但佐津紀隨即搖頭否定。如果他穿走了，也不可能樓梯走到一半就脫下來，每天脫下來的位置還一階一階往上移動，那不是很奇怪嗎？

**所以那到底是……。**

她光是胡思亂想就把自己嚇得半死。灑落玄關脫鞋處的春光，本該令人感到愜意，佐津紀卻感覺森冷無比。她站在鞋櫃邊往樓梯望去，覺得整棟房子唯有樓梯令人感覺莫名陰暗。她要回房間，勢必得走上那條樓梯，然而她卻覺得自己辦不到。

佐津紀換了鞋子走出戶外，就這麼在附近散步。她漫無目的，四處打轉，思索下一步該怎麼辦，她好不容易得出的結論是——

什麼也不做。

假如那雙拖鞋與遠場有關係，最後也會走到十一號房去。雖然想到十一號房就在自己隔壁是滿不舒服的，但她也沒有蒙受什麼損害，真要說起來，頂多就是半夜會聽到毛骨悚然的聲響而已。她當然討厭，但也不是每晚都會聽到，況且實際上，她也沒聽過脫鞋上樓時發出聲響。

**最好的辦法就是視而不見。**

佐津紀下此結論。她不認為找水脇能商量出個好辦法，只會徒增水脇的恐懼。就算問大學的朋友，對方肯定也會無奈告訴她「我早就叫妳搬出來了」。

自那天起，她不再半夜下樓去廚房。雖然喝不到熱牛奶有些可惜，但她會確保房間裡總有紅茶茶包。她不曾像現在這麼感激二樓也有廁所。

然而佐津紀每晚仍忍不住去想，那雙拖鞋現在爬到第幾階了……宛如一名年年細數夭折孩子冥誕的母親，雖然這個比喻實在不恰當，但她就是無法自已。

就算離開房間，只要別跑去看就好……。

或許她心想這不是什麼大問題，所以還是會跑出來上廁所，但她來到走廊時絕對不會往樓梯方向看，經過十一號房時也會別過頭，加緊腳步快快通過。

然而那天晚上，佐津紀跑廁所時卻不經意往樓梯看了一眼。她事後回想，當下明明也沒什麼尿意，自己又沒有睡前一定要上廁所的習慣。

然而她還是走出了房間，回過神來發現自己正往樓梯的方向看，也不清楚究竟是出於無意識的好奇還是鬼使神差。

她立刻瞥見樓梯口擺著一雙併攏的室內拖鞋，鞋尖對著樓梯口，彷彿是為了準備下樓的人而擺在那裡似的。

佐津紀急忙轉身躲回房間。那晚以後，她只要一過半夜十二點，就絕對不會跑廁所，她也為此避免在入夜後攝取水分。她熬夜的次數隨之減少，就寢時間提早，而她睡覺時也會聽廣播，因此不必擔心那些惱人的呢喃。即便隔壁或走廊上有什麼狀況，她也能不知不覺一覺到天亮。

其實仔細想想，她身處的狀況挺驚悚的。但只要當事人不在意，無論身邊出現多麼光怪陸離的現象也等於不存在。靈異現象就是這麼一回事。

佐津紀改在半夜以前就寢，不再為深夜的怪聲所苦。然而幾天過後，她半夜突然醒了過來。枕邊的收音機放著小小聲的古典音樂，但她顯然不是被音樂吵醒的，更何況收音機的音樂對她來說與搖籃曲無異。

……叩咚。

不知道哪裡傳出了細微的聲響。

*是隔壁嗎？*

她起初以為又是那些呢喃，但聲音似乎是從其他地方傳來的。她人躺在被窩裡，稍微抬起頭來聆聽聲音來源。

……叩咚。

聲音再次響起，佐津紀知道自己臉上已無血色。

*有人在敲十號房的門……。*

可是聲音的位置有點奇怪，一般來說，敲門聲應該會從成年人的胸口高度傳出，但那個人卻敲在佐津紀房門的下半部，大概及腰高度。

是小孩子嗎？

可是幸福莊只有大人，現在又是三更半夜，根本沒人會在這個時間拜訪其他房客。

是誰……？

她當然率先想到遠場，接著腦中立刻浮現那雙拖鞋停在十號房門前的景象。

可是，為什麼？

那雙拖鞋為什麼不直接往十一號房走去？還是說拖鞋也敲了七號房，和八號房水脇房間的門？

啊……。

那一刻，佐津紀想到一個討厭的可能：因為只有她發現了那雙拖鞋的存在，所以拖鞋才會像這樣在夜深人靜時找上她。假如她早一點抽身，也許就不會倒這種楣了。

佐津紀後悔萬千，但為時已晚。

……叩咚……叩咚。

那微弱的敲門聲從剛才開始就沒停過，而且不知道為什麼，那人從來沒有連續敲過兩次，每次敲門之間都有一段空檔，如此詭異的間隔也令佐津紀渾身不舒服。

對不起、對不起、對不起。

佐津紀拉起棉被蓋住頭，在心中拚命道歉。她也不知道自己為何道歉，只是像誦經那樣不斷默念對不起。

……叩咚……叩咚……叩咚。

然而敲門聲依舊響個沒停，持續了整晚，直到黎明。

隔天她上完課後到朋友家玩，晚上便直接住了下來，朋友沒有過問原因，但一語道破：「妳趕快搬家不就得了？」雖然朋友願意收留她幾天，但佐津紀想了想，還是決定隔天傍晚回幸福莊。

但她打算當晚如果再發生什麼怪事，就要認真為搬家作打算。她懷著覺悟睡在幸福莊的十號房，所幸當天就這麼平安無事迎來早晨，而隔晚、再隔一夜晚也都沒事，連那些呢喃也不知道什麼時候停止了。

**或許拖鞋在我外宿那天走到十一號房，事情也就此落幕了。**

佐津紀雖然如此解釋，但到頭來還是什麼也沒搞清楚。不過她別無所求，只希望麻煩不要找上她。話雖如此，她也沒有完全放鬆戒心，一直要到那次恐怖經驗發生的半個月左右後，她才完全撇除陰霾。

不久後大學開始放暑假，她又和一、二年級的時候一樣賣力打工。而後秋天到來，大學開學，她熬夜的習慣復萌。雖然她心想已經沒事了，但她半夜還是絕對不會下樓去廚房，更何況也沒這個必要，想喝熱飲隨時都能在房間沖泡，她平時就為此做好了萬全的準備。

但某天，她睡前突然感覺內急，可是她已經許久沒有在深夜離開房間，所以有些猶豫，然而她真的忍不住，再加上那些怪聲也已經平息將近四個月了。

正當佐津紀悄悄打開拉門，準備走出房間的那一刻，她整個人僵住了。

有人站在她面前。

而且背對著她……。

有人背對著十號房，一動也不動地站在門外的走廊上。

……遠場。

她腦中馬上浮現隔壁房客的名字，與此同時匆匆關門、上鎖。她不放心，想找跟棍子之類的東西抵住拉門，然而她找遍房間也沒發現合適的東西，最後只好雙手按住拉門——

……叩咚。

眼前再度響起敲門聲，位置剛好落在那個疑似遠場的人臀部一帶。

這下佐津紀終於明白，聲音之所以從這個位置響起，是因為他雙手下垂、背對著房間敲門的緣故。她還察覺了另一件事——應該說想到——而且還是非常不舒服的想像。

說不定從敲門聲第一次響起的那晚以來，這傢伙每天晚上都**背門而立守在那裡……**。

今天是佐津紀自那晚之後，第一次半夜打算離開房間。

……叩咚、……叩咚。

佐津紀整晚頂著拉門，聽著那不吉利的微弱敲門聲。隔天開始她借住在朋友家，三天後離開了幸福莊，搬到離大學很遠的一間公寓。雖然她從此得搭電車上學，但她就是需要跟幸福莊隔這麼遠的距離。

佐津紀從那次搬家過後一直到大學畢業、離開當地，期間都不曾再主動靠近過幸福莊。

＊

「咦……結束了嗎？」

由羽希振筆疾書到一半，詫異地問天空，黑貓不知何時來到她腳邊，蜷成一團睡著了。

「嗯，結束了。」

天空爽朗答道，由羽希傻在原地。

「怎麼會……可是問題都沒解決不是嗎？」

「廢話，這可是怪談故事。」
「可是一般不是會講到幸福莊過去發生什麼事之類的嗎？」
「我說妳啊。」
天空大口嘆息。
「我才不稀罕那種陳腔濫調的故事，我追求的是前所未聞、明明不知所以卻愈想愈恐怖的那種靈異事件。」
「我不喜歡那樣啦。雖然我是不得已才在這邊聽你講故事、做筆記，但能不能拜託你好好解釋到底發生了什麼事？」
「我講怪談故事跟妳喜不喜歡沒關係吧？」
「有關係。」
「妳有沒有搞清楚自己現在的立場啊？」
這次換天空一臉詫異，隨即又露出嫌麻煩的神情。
「所以妳想要我解釋什麼？」
「全部。」
「怎麼可能。」

他仰望佛堂的天花板，而由羽希想了想便問：

「那你告訴我遠場到底做了什麼。」

「哦，這我倒是可以告訴妳。但妳可別問我他為什麼要幹那種事，因為我也不知道原因。」

「唔……好啦。」

天空見由羽希的反應似乎又想說些什麼，但最後還是把話吞了回去。

「他每隔幾個月，就會將蒐集回來的東西放在幸福莊十一號房與隔壁的儲藏間——」

「包含儲藏間嗎？」

「房間跟儲藏間，我猜這兩個空間都堆滿了那東西吧。」

「什麼東西？」

「多到數不清的卒塔婆。」

「卒……什麼？」

「妳不知道卒塔婆？我們寺裡也有啊。」

天空瞥了一眼墓園方向，由羽希看見擺在佛堂地上的滑雪板，立刻叫出聲來。

「就是插在墓碑旁邊那些細細長長又薄薄的木板嗎？上面寫一堆字都看不懂的那個……」

「妳的形容也太糟糕了吧。」

「那是什麼東西？」

「是佛塔。佛祖的佛、樓塔的塔。是行追善供養——這樣講妳應該聽不懂，反正追善供養的意思，就是人生在世要多多行善積德，而行善就是做好事。」

「這點小事我還是知道的好不好。」

「誰曉得。總之追善供養的概念，就是活著的人只要多做善事，冥冥之中也能供養往生者。」

「遠場到底是去哪裡蒐集那些卒塔婆……」

「應該是全國各地的墓園吧。」

「他自己亂拿嗎？」

「肯定的吧。我猜他應該也有挑過，只是怎麼挑的不知道。反正他幹的絕對不是什麼光彩的事情。」

「可是他為什麼要蒐集卒塔婆？」

「我一開始不就說了，我也不知道為什麼。我只能看見那些卒塔婆堆滿了十一號房與儲藏間四周的牆壁、窗台，還從榻榻米一路疊到天花板而已。」

聽天空這麼說，由羽希總算開始相信他的「能力」貨真價實。也不是說之前都在懷疑他，只是聽了這段話之後覺得更有說服力了。

「我想木藤之所以說什麼『那樣不會好吃吧』，恐怕也跟遠場蒐集卒塔婆的行徑有關。」

「畢竟廚房的正上方就是儲藏間嘛。」

由羽希翻閱筆記，豁然開朗，但隨即又冒出疑問：

「嗯……奇怪，這不是十二、三年前的事情嗎？你那時候還在讀國中吧，怎麼可能拿到那雙拖鞋？」

「我是一年前才拿到忌物的。」

「我不懂……這是怎麼一回事？」

天空露出一副奸詐的笑容。

「佐津紀大學畢業後回到故鄉工作，過了幾年和工作上認識的男性結了婚，也趁著懷孕離職，當了好一陣子家庭主婦，一直到孩子上小學後才重返職場。當時他們倆夫婦貸款買下郊外一棟透天，入住幾個月後的某天，佐津紀半夜突然想上廁所，於是走出二樓臥室，下樓梯時發現，樓梯最底下擺著一雙拖鞋。」

「噁——該不會……」

「就是她大學時在幸福莊看到的那雙拖鞋。」

「可、可是，怎麼會……」

「那東西應該到處在找佐津紀吧，想知道佐津紀搬離幸福莊後到底去了哪裡。只是不知道那到底是遠場，還是曾經是遠場的東西，又或是拖鞋本身……」

「…………」

「然後佐津紀想起之前聽過這座寺院的傳聞，就將那雙拖鞋寄過來了。」

「如果她放任不管的話……」

「她肯定會在新家遭遇之前在幸福莊的經歷吧。」

「所以到底什麼跟什麼啊？」

由羽希忿然問道，但天空似乎懶得解釋。

「我不就告訴妳，我只對那些莫名其妙的靈異現象有興趣嗎？而且靈異現象沒辦法解釋本來就很正常，我反倒覺得，如果能清楚解釋那些靈異現象背後的原因、為什麼不淨化會作祟的話才弔詭，是吧？」

雖然這句話是問句，但他聽起來並沒有打算徵求由羽希的意見。

「如果真要牽強附會，頂多就是卒塔婆又常簡稱『塔婆』，念法和『遠場』這個名字一樣[17]，兩者之間或許有什麼關聯。但在這方面鑽牛角尖當然一點意義也沒有。」

「…………」

由羽希沉默不語，天空淡淡地說：

「總而言之，妳這下稍微明白了吧？」

「明白？」

「明白——這些忌物的故事是什麼樣子，妳又該怎麼紀錄。」

「我還不太……」

天空搶在由羽希抱怨之前拿起下一樣忌物。

「妳剛坐下的時候對這面鏡子很感興趣是吧？好，我們接下來就講這個。」

接著天空便興致勃勃、滔滔不絕談起那面鏡子過去牽扯的靈異事件。

17：「塔婆」和「遠場」的日文拼音相同（とうば，TOBA）

# 第三夜 讒言者

由羽希由西向東，穿過糸藻澤地區一座又一座沿海村落，路上始終膽戰心驚。

**前面後面都好恐怖……。**

某種東西尾隨在後的恐懼，和冷不防擋在面前的戰慄雙雙侵擾著她。但還有其他雪上加霜的事情。

嘎啊──

怪鳥鳴叫般的尖聲也總是突如其來，每每令她心臟差點停止。而且這種尖叫同樣不是從她正後方，就是在正前方響起，嚇得她魂不附體。

由羽希每次走進村裡總惶惶不安，在她抵達西側村口的道祖神之後，直到越過東側村尾的道祖神之前，她全程繃緊神經，而且一定用跑的，因此這段路對她的身心負擔都非同小可。唯有來到村落之間的聯絡道路，她才能放慢腳步喘口氣。

但今天傍晚似乎好多了，她感覺前兩天在自己前後出現的詭異氣息銳減，而且目前還沒聽到任何一次那謎樣的嚎叫。

話又說回來，由羽希依舊搞不清楚自己到底身在哪兩座村落之間。外公外婆所在的遠巳家位於西邊的內之澤，而最東邊的村落是九泊里，她肯定自己在這兩處之間，但究竟是哪處卻不得而知，這種要迷路不迷路的感覺也教人莫名忐忑。

她一踏入下一座村落，便照例跑了起來，只不過周遭情形的變化令她備感困惑，她不自覺放慢了腳程。她一心想早點穿過村落，卻也想認清身邊的狀況。

是因為我習慣了嗎？

今天已經是她第三天跑遺佛寺：她第一天和第二天碰到的懾人氣息和慘叫十分劇烈，相較之下今天未免太安詳了。

她反倒多了一種不舒服的感受，自己明明走在杳無人煙的村落，卻聽見若有似無的談話聲。

……沙沙、沙沙、沙沙。

可是她聽不清楚內容，也無法辨別來自何方。她猜想聲音是從屋裡傳出，但怪的是房子裡也感受不到有人在的跡象，每座村落都像具空殼，沒有半個人……。

但她還是能聽見模糊不清的談話聲，沙沙、沙沙、沙沙……害她在意得不得了。

她差一點就要停下腳步仔細聆聽，但一陣警覺阻止了她。

難不成這是騙我停下來的圈套？

但又是誰為了什麼設計圈套……她差點又要停下來思考，連忙加緊腳步，這時她突然聽見一聲耳語。

……由羽希。

她又險些駐足，打了個冷顫。她告訴自己不管是什麼東西喚她，都絕對不能老實回應，現在應該趕緊逃離原地。

她全速跑完村裡剩下的路途，來到聯絡道路時放慢腳步，接著又一口氣跑過下一座村落，回過神來她已經來到熟悉的松樹林。她在此稍作休息過後，只剩最後的難關，那座通往遺佛寺的石階。

她氣喘吁吁地爬上又長又陡的石階，登頂後便是一片淒冷無比的景象。她每次見狀都想掉頭就走，懷疑自己或許不該指望這座荒廢寺院的幫助，但不幸的是，她現在只能依靠這裡了。

由羽希走上石板參道，前方佛堂的門扉開了個小縫，一隻黑貓輕靈鑽出。

喵——喵——

黑貓喵喵叫著，朝由羽希快步走來，那可愛的樣子令她完全忘了一路上的辛勞。

「黑貓老師，我又來囉。」

由羽希抱起黑貓，臉貼上去蹭，這是她在遺佛寺心靈最祥和的一刻。

不過佛堂立刻傳出聲音——

「喂，我講過幾次門開了要關哪。」

她一聽到天山天空的聲音就覺得掃興。如果再拖下去又要挨天空罵了，由羽希只好抱著黑貓，沿著參道快步走向佛堂。

「哦，妳來啦？」

由羽希一進佛堂，就看到天空坐在他的老位子，也就是佛壇前面，正專心瞧著一張有洞的照片。

「雖然你要我教黑貓老師隨手關門，但我真的辦不到。」

天空連續兩天都這麼吩咐由羽希，所以由羽希今天在對方開口前就先聲明。

「要是妳能把貓教好，搞不好我就能更早幫妳解決問題了說。」

沒想到天空竟如此回答，由羽希心生不滿。

「你不要把黑貓老師扯進來。」

「妳看起來認識那隻黑貓的時間比我還久，應該有辦法吧？」

「沒有。沒辦法。」

由羽希斷然拒絕，抱著黑貓坐到天空面前。不用說，她坐下前稍微清開了地上的忌物。

「那你今天要講那張照片的故事嗎？」

「喲！妳今天倒是挺積極的嘛。」

天空語氣充滿意外，由羽希則冷淡以對。

「反正我怎麼樣都得聽你講，還不如早死早超生。」

「口氣倒是挺大的。」

天空嘴上抱怨，眼裡卻充滿笑意，實際上他也立刻喜孜孜地談起那張照片的種種。

「這和丑時參拜[18]的詛咒用稻草人偶一樣，原本被一支五寸釘狠狠釘在某座神社的御神木上。」

「呃……這算是忌物中的忌物了吧？我才不要聽這種照片的故事。」

由羽希堅決反對。

「嗯，我不說這個。」

沒想到天空乾脆地答應，害她不禁一愣。她才開始反省是不是自己語氣太兇，聽到天空的理由卻啞口無言。

「這種用來詛咒別人的相片，因果關係清楚得很，一點也不有趣。」

「重點是那個嗎？」

由羽希打從心底後悔自己竟有一瞬間起了反省的念頭。

「我昨天也說啦，我追求的是那種因為搞不清楚前因後果，反而更毛骨悚然的恐怖故事。」

**我果然來錯地方了……。**

她再次萌生退意，但事到如今也不能說走就走。她昨天也聽天空說了好幾則忌物的怪談，一開始是那雙拖鞋，再來還有那面漂亮的壁掛鏡、折斷的不求人、模樣高貴的洋傘等等，她也一路記錄故事直到深夜。

**我如果現在離開，昨天的辛苦就白費了。**

而且她也沒有其他能仰仗的地方了。雖然她原本是打算找上一代的住持，但現在寺裡只剩天空一人，那也沒辦法。

**再說這個怪談狂人，看起來好歹也是有點修行的和尚……。**

由羽希認為他處理忌物的特殊本領一定能幫上自己。

「你叫誰怪談狂人啊？」

天空猛然一瞪由羽希，害她嚇了一跳。

---

18：丑時參拜：一種詛咒儀式，傳說古代京都一名女子因丈夫外遇，由妒生恨，便於丑時（上午一～三時）手持木槌，將稻草人釘在神社的御神木上詛咒他人。

「……嗯？咦？我有講出來嗎？」

「大剌剌地講出來啦。」

「對、對不起。」

由羽希連忙低頭道歉。天空問：

「所以咧，感覺如何？」

「什麼感覺？」

「當然是妳過來路上的感覺。」

這句話險些點燃由羽希的怒火，她內心埋怨天空竟要求她每天傍晚來遺佛寺，害她遭遇那堆恐怖的事情，但現在也只能忍氣吞聲。

於是她一五一十地告訴天空自己今天感受到的變化——

「這樣啊。」

天空明顯想通了什麼，由羽希驚訝地問：

「你知道為什麼今天跟前兩天不一樣嗎？」

「這個嘛……」

「你知道的話就告訴我啊。」

「我想——那句話怎麼說來著？」

他難得面露窘迫。

「有些事情還是別知道比較好。」

天空話中有話，害由羽希更加焦慮。

「哪有人這樣的，遭殃的人是我哎。你最好跟我解釋清楚，如果你不講，我就再也不過來了。」

「不是啦，比起這件事情——」

「不要敷衍我，我不吃這一套。」

「我不是這個意思。妳聽好，如果妳好像聽到有人在叫妳——」

「我不是問這個，我想知道的是沙行者的氣息為什麼會減弱，還有這算不算好事。」

「嗯，但在這之前有個問題。」

「什麼問題？」

「妳說好像聽到有人叫妳『由羽希』，妳只有聽到一次嗎？」

由羽希隔了半秒後回答。

「是這樣沒錯。」

「妳有回應嗎？」

「怎麼可能，我當然沒有。」

於是天空大嘆一口氣。

「好險哪。」

「什麼意思？」

「假如妳在山上或在街上，聽見有人喊了妳一聲『喂』，又或是像妳這樣好像聽到有人叫妳的名字，那十之八九都是妖魔鬼怪的把戲……」

「……真、真的假的？」

「妖魔鬼怪每次出聲只會出一聲，所以假如妳在山上聽到有人像這樣『喂——喂——』斷斷續續呼喚妳的時候，千萬不能回應。還有另外一種說法，會在山裡這樣悠悠呼喚的都是妖魔鬼怪，一般人應該會中氣十足地大喊才對。總而言之，妳要特別小心這種只叫妳一次的狀況。」

「叫名字也是嗎？像我就好像聽到有人叫我『由羽希』。」

「都一樣，所以以前人叫人都會習慣叫兩聲，像這樣，『田吾作。喂，田吾作』。」

由羽希雖然納悶為何舉例的人名要叫田吾作，但現在不是管這些事情的時候，所以她沒說什麼。

「我們通常稱這種妖魔鬼怪，或這項禁忌為一聲呼、一口呼或一口聲[19]。」

「啊，難不成……」

「怎樣？」

「昨天幸福莊的故事裡，那個可能是遠場的東西半夜敲佐津紀房門的時候，每次只敲一次也是同樣的道理嗎？」

「妳很能舉一反三嘛。」

天空看起來打從心底讚賞由羽希，令她感覺有些神氣。

「妳還有聽到什麼嗎？」

「我還聽到一種沙沙沙……的聲音，感覺像好幾個人在講話，可是都聽不清楚。」

「那就不能用來橋占了。」

「那什麼東西？」

「就是用橋來占卜。」

「啊，我知道，就是雙手一次握住好幾枝筷子，搓一搓之後兩手分別抓一把的那個。」

19：原文：一声呼び、一口呼び、一口声。

「那叫笹竹。而且我講的不是筷子[20]，是架在河上的橋。」

「那你一開始就要解釋清楚嘛。」

天空一副欲言又止的模樣，無奈地搖了搖頭。

「橋占又稱辻占，是一種占卜的形式。方法是站在橋頭或橋中間，又或是十字路口中央，聽取行人經過時講的話，再根據那些話的內容來占卜想問的問題。」

「陌生人說的話有辦法用來占卜嗎？」

「占卜大多倚賴『偶然』，橋占也是從偶然經過的行人身上尋找解決問題的頭緒。」

「要是都沒人說話……」

「就只能耐心等待有人經過時說話了。不過橋占或說辻占，其實也有很多派做法，某些做法的重點不在一開始聽到的話上面，而是頭一個經過的行人身上穿的服裝或拿的東西；也有些做法是先抽出一個數字，決定要特別關注第幾個經過的人。」

「可是我完全聽不出來那些聲音在講什麼，也看不到對方的身影。但我也不是很想聽到或看到就是了……」

「如果妳看到或聽到，那就麻煩大了。」

這句話由羽希可不能裝作沒聽見。不過這次跟剛才不太一樣，由羽希想要天空告訴她會有什麼麻煩，卻又不太想聽到答案，原因當然是恐懼，她已經不想再嚇自己了。

而且她就算問了，天空也只會糊弄她，倒不如早早開始聽他談今天的忌物，早早結束。

於是由羽希望向散落一地的忌物，發現自己的視線剛好和天空停留在同一個東西上。

「怎麼會有一台公共電話？」

他們同時盯著平常會裝設在電話亭裡面那種又大又綠的公用電話。

「那種東西一般人應該沒辦法寄過來吧？」

她感到狐疑，順勢算起佛堂裡到底有幾台電話。

有一台黑色的手搖電話和一台黑色的撥盤式電話，看起來都很有年代。還有一台很多轉接鍵的按鍵式電話，應該是辦公室用的機型。公共電話則有一台綠色的大型機種和一台撥盤式的紅色小巧機種，另外還有幾支舊型手機。

「這樣一看，這裡的電話還不少呢。」

「畢竟無論哪個時代，最先進的機器都和靈異現象磁場很合。」

「有這種事？」

---

20：「橋」與「筷子」的日文拼音相同（はし，ＨＡＳＨＩ），故由羽希誤以為是筷子。

由羽希還在震驚，天空便說：

「剛才提到橋占讓我聯想到一個忌物，今天就從那個忌物開始講起吧。」

接著他興致盎然地談起忌物的故事。

＊

上島愛理子禮拜一下班後，去了一趟「城館」。這個城館可不是什麼城堡或是公館，也不是飯店旅社，更不是咖啡廳，而是一間藏身於東京商辦大樓區，與周圍氣氛格格不入的古董店。愛理子在那間店東挑西選，最後買了一件銀光閃爍的海螺造型耳環。

店裡有一些老舊的衣櫃、大掛鐘，不過還是以中小型家具和她剛才買下的裝飾品居多。店家或許有根據地點與客群特別篩選過商品種類，所以值得一買的東西還不少。

愛理子也在這間店買過一幅貴族模樣的雙胞胎少女肖像畫、有腳的抽屜櫃、花朵造型檯燈、四周有藤蔓裝飾的橢圓形相片立架。其實她希望房間的桌子、椅子、櫃子、床架統統都換成古董品，無奈她租的套房空間有限，沒辦法買太占位子的東西。

她有一個高中認識的好姊妹叫花純，套她的話來說：

「問題不是東西大小，而是實不實用吧？」

花純畢業後留在關西地區，她們週末經常通電話聊聊彼此的近況，所以愛理子在「城館」買了哪些東西，花純都知道。

「古董哪有人在管實不實用的。」

但花純不太認同愛理子的辯駁。

「我記得妳那個斗櫃是有拿來用沒錯，可是又裝不了什麼東西，根本就派不上用場不是嗎？」

「它長得可愛就夠了。」

「說到派不上用場，妳那個花型檯燈也一樣。」

愛理子被她說得無言以對。

自從她買下那座檯燈，一個月的電費竟多出數千日圓，她以為是電力公司算錯，所以馬上聯絡。電力公司派人來調查，發現她的用電量確實多於以往，可是她一點頭緒也沒有。對方問她最近有沒有購買新的電器產品，她起初回答沒有，接著看到那座檯燈後說「只有這個」。

電力公司人員測量過後，確認那座檯燈耗電量十分驚人，也提醒愛理子購買古老電氣用品時要多加注意。

「檯燈還算勉強可以用啦。」

愛理子默默不說話，花純繼續窮追猛打。

「可是妳禮拜三衝動買下來的那台電話，就真的一點用也沒有了吧？」

那是一台十九世紀歐洲常見的舊電話款式，聽筒和話筒分開，但老闆說那不是真品，是後人仿製，因此價格也不會太高，愛理子買得很開心。

「打不了電話的電話能幹嘛？」

花純對此極其嫌棄，但她並非否定愛理子購買古董的興趣，只是認為愛理子現在應該忍耐一下存點錢，之後如果搬到大一點的房間再蒐集她喜歡的家具。

「我也知道妳講得有道理……」

「我看在那間店花錢，就是妳消除壓力的方法囉。」

愛理子心想不愧是好姊妹，真了解她。

愛理子六年前讀完兩年制的短期大學，畢業後任職於一間從研發到產銷一手包辦的辦公室用品公司。和她同一批進公司的人之中，讀完一般四年制大學的人會分發到企劃部門、製作部門或業務部門，只拿短期大學文憑的人則會分派至總務部門或會計部門，負責庶務方面的工作。這一點公司在面試時講得很清楚，所以她並無不滿，重點是公司的氣氛很好，她也很開心能在這種舒服的環境下工作，直到她分發至總務部門後第七年的春天為止。

公司裡有位比較引人注目的女職員，名叫美園安比奈。她四年前進公司，不過因為她念的是四年制大學，所以與愛理子同年。聽說她是公司合作銀行的董事千金，是靠關係進公司的典型案例。也因此，正常新進職員少說也要在業務部門待上兩年才能轉調其他部門，但她只待了一年；傳聞她一直抱怨：「我不適合當業務，我想做企劃的工作。」而公司也順了她的意。

然而她轉調企劃部門也只待了一年。照常來說不可能只待這麼短的時間，但聽說其實她轉調過去才一個月，公司就有意將她調去其他部門，恐怕是念在她背後的關係，才將人事命令延至一年以後。後來她又待了製作部門一年、業務助理部門一年，今年春天再度調往總務部門。

進公司四年來如此頻繁調來調去，一般人應該會意志消沉，但安比奈卻沒有。愛理子聽說安比奈堅信：

「我總有一天會回到企劃部門。」

她之所以有這種想法，企劃部長也要負點責任。據說企劃部長當初趕她去其他部門時，找了個冠冕堂皇的藉口，要她「去累積其他部門的工作經驗」。說起來好聽，其實部長只是想避免她無理取鬧，安然處理人事。

只要仔細想想，就會明白這種事情異想天開，然而安比奈卻當真了。話雖如此，她如果能因此投入其他部門的新職務倒也不是什麼壞事，偏偏她無論到哪都依然故我，總是抱著「騎驢找馬」的心態。

因此每個部門都視美園安比奈為燙手山芋，但各部門主管卻又投鼠忌器。公司裡當然也有人對安比奈不滿——尤以基層女性職員居多——但或許是因為職場氣氛比較和善，從來沒有人私底下欺負過她。實際上曾有幾次類似的事情發生，但這種時候男性職員就會一窩蜂同情起安比奈，反而造成反效果。

皮膚白皙、言行舉止可愛——幾乎所有男性職員對美園安比奈的看法都是如此。乍看之下，她那張姣美臉蛋確實容易討男性喜歡，但愛理子暗中認為，她仔細一看倒與駱駝有幾分神似。明明有好幾名女職員生得比美園安比奈漂亮，但她們都莫名低調，或許也是職場氛圍所致。

明明事情做不好，卻不會忘記諂媚男人——這則是多數女職員對她的看法。但假如貿然對她出手，搞不好只會惹得自己一身腥，萬一她向其他男性職員告狀，自己就會被當成惡劣的女人。這樣的畏懼迅速在所有女職員間蔓延。

如此這般，當愛理子得知美園安比奈即將調來總務部門，整個人便悶悶不樂。稍微想想就知道，安比奈也沒剩幾個部門可以輾轉，被推來總務部門只是時間早晚的問題，然而實際看到人事命令公布，還是難掩內心詫異。

自安比奈調來總務部那天算起，愛理子將近兩個禮拜過得提心吊膽。這絕不誇張，因為部長事前就告知她：

「我想請妳負責指導美園小姐。」

愛理子的資歷雖然多安比奈兩年，但兩人年紀並無差異。

「我真的沒辦法帶她。」

她當場推辭，部長卻置之不理。

「妳總務這份工作也做了六年，已經是十足的老手了。妳一定行，肯定沒問題。」

老手大有人在，但恐怕沒有人願意自找麻煩；而對另外兩個後輩來說，這項責任又太重大，無法託付給她們，更何況她們兩個人的年紀都比安比奈小。所以放眼總務部門，愛理子是最安全的人選。

所幸，她們在部長規定的兩週訓練期間幾乎相安無事。之所以說「幾乎」，是因為愛理子始終感覺安比奈對現況有所不滿，而所謂現況，當然是指她被調到總務部，還讓一個同齡女性負責指導自己的屈辱。光是一天下來依稀卻又深刻感受到安比奈的這種情緒，愛理子下班後就精疲力盡了。

訓練期間最後一天，愛理子下班後晃去「城館」買的東西，就是那盞耗電量超標的檯燈。

不過她反倒想稱讚自己，竟然兩個禮拜都沒走進那間店一次。

安比奈結束訓練，正式參與總務部門的工作後，並沒有惹出什麼問題。雖然她有點不合群，無論事情再多也絕對不加班，時間一到就會先行離開，但也沒有人出言責備，因為她不插手反而更好做事。

希望這樣安穩的日子持續下去，她也能融入總務部門。

或是不用等到一年，趕快把她調去其他部門也可以。

愛理子祈禱前者的發展，卻又無法完全割捨後者的渴望，恐怕是因為她內心某處仍對安比奈懷有戒心。

訓練期間結束後過了一週左右，某天愛理子下班前一刻，接到客戶找她的電話。

「我下午打電話過去，聽說妳不在位子上，所以請人轉告妳找時間回電，可是我等了半天都沒等到妳的電話，可以請妳解釋一下嗎？」

客戶突然興師問罪，愛理子錯愕不已。根本沒人向她提過這件事。對方窗口是個繁文縟節很多的人，愛理子直道歉，但對方似乎慍怒難消。

對方說「接電話的是一名年輕女性」，所以她向——從兩個人變成三個人的——後輩確認，不過三個人都表示沒印象。保險起見，她也詢問了其他同事，但仍問不出個所以然。說實話，愛理子懷疑是安比奈幹的好事。過去總務部從來沒出過這種差錯，所以愛理子將質疑的眼光投向安比奈。然而她沒有任何證據，最後只能疲於修復與客戶窗口的關係。

之後過了幾天，她放在總務部門冰箱裡的優格不知道被誰擅自吃掉了。明明杯子有好好寫上她的名字，不可能有人不小心拿錯，但她又不敢問是誰吃的，這樣問來問去太丟臉了。她也懷疑是安比奈偷吃的，不過依然苦無證據。

某個禮拜五晚上，安比奈難得加班，當時留下來加班的幾位女性同仁正在抱怨營業部門的課長，所有人同一個鼻孔出氣，聊得相當起勁。過了幾天，愛理子的直屬上司，也就是總務部門的課長將她叫過去輕微訓誡了一句。

「以後妳如果對其他部門的主管有意見，記得先找我商量。」

愛理子嚇了一跳，霎時間搞不清楚主管為何這樣警告自己，但隨即想到是安比奈告的狀，而且她很可能沒有將其他人拱出來，只告訴上司愛理子頗有微詞。可是這次愛理子還是沒有任何證據；她向課長解釋當天的情況，並詢問課長是從其中哪個人口中聽來的，然而課長只是含糊其辭。

後來愛理子聽其他後輩說，那天安比奈原本約好和一個朋友去喝酒，但那個朋友用手機聯絡她，說因為工作關係會晚一個小時，而安比奈為了配合朋友的時間，才決定留下來加班。

打從美園安比奈來到總務部門，這類狀況便不時發生，每件事情單獨來看都不是什麼大問題，很多還可能只是愛理子自己多心。然而一旦在意起來，這些事情日積月累下來也漸漸造成了她內心沉重的負擔。

所以某個週一的午休，安比奈在公司分送自己六日出去玩買的伴手禮時，愛理子發現那竟然是自己討厭的豆沙點心，瞬間感覺理智線斷裂。一般來說，當事人可能也會覺得區區一個伴手禮何必小題大作……但至今積累下來的種種，卻在此時一口氣爆發。

「整個部門都知道上島小姐討厭豆沙餡的說。」

一名女前輩譏諷。

「真的假——的。我都不知道有這件事。」

安比奈卻完全聽不出自己被人挖苦，反倒引來同樓層其他男性同仁幫忙打圓場：

「真像美園小姐會做的事。」

她被逗得不亦樂乎。

所以愛理子當天回家路上，不假思索走進了「城館」，但她還是保有理智，沒有聽憑衝動大買特買。她心想上週三買那台電話才被花純念過，今天得克制一點。她東猶豫西猶豫，最後只忍耐買了件小小的飾品。雖然壓力沒有完全消失，但她一戴上去就感覺內心莫名平靜，她也因此再次體會到古董品的效用。

就算她站在人擠人的地鐵車廂裡、一身汗臭的中年男子站到身旁、坐在面前的年輕女子翹著腳擋路、身後有人的耳機傳出沙沙的音樂聲，她都不以為意，回家路上都沉浸在自己又買了一件美好古董的滿足之中。

她在地鐵上搖搖晃晃了十五分鐘，換乘另一班車再搭四十多分鐘，抵達了T車站。她六點多下班，在「城館」待了三十分鐘，所以當她走出剪票口時是七點半。這個時段路上還是有很多趕著回家的上班族，不過愛理子前往的車站西側倒是沒什麼人影。車站東邊比較熱鬧，也有不少高層公寓和住家，相對的房租也貴，愛理子也是因為車站西邊的租金比東邊便宜才會住在這裡。

她出了剪票口，走過陸橋，大部分的人都在排電梯，而手扶梯又只上不下，所以愛理子總是走樓梯，也因此當她走出車站時，周圍沒有半個人。偶爾她比較晚回家，會覺得路上這麼冷清有點恐怖，尤其和車站另一邊的情況對比起來更可怕了。

不過這天不一樣，她在「城館」的好心情一直延續到現在，所以當那台離樓梯有段距離的公共電話突然響起時，她也只是稍微嚇到，無意間停下腳步。她平常應該會裝作沒聽見直接走開，但當時她卻覺得接起那通電話是很理所當然的事情，或許和她那天剛好忘了帶手機出門有點關係。

愛理子打開電話亭的門，拿起話筒。

「您好。」

然而對方毫無回應。她只微微聽到一種沙沙……的雜音，彷彿某人從戶外撥了這通電話，除此之外沒有隻字片語。

「這是K線T站西側的公共電話。」

愛理子於是詳細說明自己的位置，但對方還是沒有回應。

「喂？請問您哪裡找？」

她依然問得很客氣。

「…………」

這時她似乎聽見對方咕噥著什麼。

「喂喂？請問您剛才有說話嗎？」

「……喂。」

在愛理子聽起來，對方只簡短應了一聲，但也可能只是她沒聽清楚。

「喂，您好？」

愛理子又喚了對方幾次，但再也沒聽見話筒傳來任何聲音。正當她打算掛斷電話時——

「……是她，接的。」

對方輕輕道出這句話，隨後電話就掛斷了。

「那是什麼意思？」

愛理子不禁詢問，但隨即慌張地掛回話筒，倉皇離開電話亭，彷彿害怕自己會被關在裡面似的。她一離開電話亭，腦中馬上浮現一句話。

電話是她，接的。

那個她，是指美園安比奈。

她想起安比奈訓練結束一週後發生的事件，客戶在愛理子離席時打電話來，卻沒人知會她要回電，而那確實是安比奈幹的好事——對方是不是這個意思？

可是誰會……？

愛理子冒出疑問，瞬間害怕了起來。公共電話之所以響起、她之所以接起來全是偶然，怎麼可能會在這種電話裡聽到和自己有關的事情？但又為什麼，她會覺得對方是在揭露事情的真相？

她的脖子瞬間起了雞皮疙瘩。

愛理子逃也似的跑回她住的公寓U Maison，深怕她繼續待在電話亭旁邊，電話又會再次響起。

她回到家先沖了個澡，然後準備晚餐，一如往常配電視吃飯。

這時她總算能稍微冷靜思考，推測剛才只是不知道打哪來的人撥錯了電話，而她聽到的內容也不過是自己會錯意……雖然對方的確有說話，但肯定是其他意思，而她聽成了自己想聽的話。

**可是……。**

那次資訊傳遞疏失已經是兩個半月以前的事情了，我有可能聽到那種嘀咕就馬上聯想過去嗎？

**對了，搞不好——**

愛理子失去了正常的判斷能力，開始猜想自己或許聽錯，對方或許真的有指名道姓，所以她才能馬上想起之前的事情。

**但到底誰會這麼做……。**

愛理子試圖想像對方的真面目，霎時背脊一涼。她怯怯地回頭一看，但身後當然什麼也沒有，只見靠在牆邊的古董斗櫃，和掛在牆上的古董電話。

雖然時間還早，她還是帶著讀到一半的書鑽進被窩。她覺得自己如果不躺下來，好像背後毫無防備，她討厭這種感覺。讀著讀著，睡意來襲。她雖然嫌麻煩，還是離開床鋪刷了牙才回到被窩，接著便沉沉睡去，直到天明。

隔天早上，愛理子吃了簡單的早餐，照常整裝，準時出門。當她逐漸靠近T站，又開始心驚膽跳。她心想，再走一會就要看到那座電話亭了。如果要搭手扶梯上陸橋，她只能走這條路。

不要看就好。

她原本打算在電話亭進入眼界之前別開臉，但——

……裡面有人。

她瞥見玻璃門內似乎有一名留著黑色長髮的女性。

難不成……。

昨晚那通電話就是她打的嗎？假如是，為什麼她現在會在電話亭裡？為什麼昨晚打電話來的人，今天早上要用那台公共電話？

只是剛好有人在用而已，跟那通電話一點關係也沒有啦。

愛理子雖然嘗試這麼想，但她從以前到現在，幾乎沒看人用過公共電話，甚至一直認為公共電話亭應該馬上就會撤光了。

既然如此，那名女子究竟是……？

愛理子心想繞路迴避，身體卻不由自主往電話亭靠近。她愈走愈近，愈聽愈清，女子好像在對著話筒咆哮，和愛理子昨晚聽到的那種低語大相逕庭。

什麼嘛……。

愛理子聽出內容，頓時鬆懈下來。那名女子只是把手機忘在家裡，拜託她母親幫忙送來車站，但母親卻不理她，所以正在發脾氣。

愛理子快步經過電話亭，趕往月台。

當天，她莫名在意美園安比奈的一舉一動。她明知昨晚的事情只是誤會一場，但那句低語卻一直在耳邊迴盪。

電話，是安比奈接的。

導致愛理子和安比奈交談時神經兮兮，整天下來感覺比平常還要疲勞。

就在剩十幾分鐘下班的時候，公司總機響起，她兩位後輩不在位子上，而安比奈雖然人在位子上，但已經開始收拾東西準備下班。由於接電話是她們三個人的責任，所以愛理子也沒有處理，可是安比奈始終沒有要接起來的意思。

換作平時，她會出言提醒：

「美園小姐，電話。」

不過今天情況卻不一樣，她對於開口提醒安比奈有種說不上來的顧忌，所以自己接起了那通電話。

「不好意思讓您久等了。」

她報上公司的名稱，詢問對方所為何事，但卻換來一陣沉默。

「喂您好？請問哪裡找？這裡是——」

她清楚複述公司名稱，但對方還是毫無回應。

「喂？」

她心想對方應該是打錯電話，但還是喚了幾聲——

沙沙……。

話筒突然傳出彷彿在野外講電話時的雜訊，愛理子瞬間想起昨晚的公共電話。她右手拿著聽筒，上手臂起了雞皮疙瘩。

「……是她，吃的。」

喃喃低語才響起，電話又掛斷了。

……是她，吃的。

冰箱裡的優格，是安比奈吃的。

愛理子的腦袋馬上將聽到的話轉換成句。她遲疑地放回話筒，突然感覺有人盯著自己，抬頭一看，和安比奈四目相交，她一臉難以言喻的表情。

咦……？

她懷疑自己是否脫口說出腦中的想法，但看來並非如此，因為安比奈急忙別開視線的樣子似乎有別的意思，態度不像是出於慚愧或憤怒，而是害怕得不敢直視。

為什麼……？

愛理子差一點就要問出口，但——

「那我先走了。」

在那之前，安比奈已經離座，精神飽滿地向大家道別，離開了總務部門所在的樓層。

剛才又是我幻聽嗎？

她希望如此，但那呢喃彷彿還殘留在耳邊。

怎麼回事？

愛理子兩眼無神，恍惚了好一陣子，一名後輩回來後也上前關心，說她臉色不太好。

當天回家路上，愛理子雖然跑了一趟「城館」，但整個人心不在焉，就連那些她平常看得入迷、開心把玩的古董品也勾不起她的興致。她真的是頭一次碰到這種情況。

她回到T站，經過那座電話亭時不免緊張，不過電話沒響。

隔天上班路上，愛理子一樣特別留意那座電話亭，在公司時也很在意總機響起的每一通電話，不過那天公共電話沒人使用，電話也沒響；總機雖然響了幾通，但全都是三名後輩接的，而且似乎沒有任何一通可疑的電話。

眼看昨天那通電話打來的時刻接近，愛理子以防萬一，躲進廁所。廁所裡空無一人，她坐在最靠近入口的那一間，口袋裡的手機突然震動。

未顯示號碼？

她鮮少碰到這種情況，所以看見螢幕上「未顯示號碼」幾個字，心裡有些驚訝。她閃過不接的念頭，但又難保這通電話與工作無關。萬一是工作上的事情，她不接就糟了。

「您好，我是上島。」

她鼓起勇氣接聽，但對方沒有應答。

「喂？我是——」

她心生疑竇，但還是報上了公司行號和自己的名字。

沙沙……。

這時話筒突然傳出那種在野外打電話的雜訊。

「…………」

愛理子感覺口乾舌燥，什麼話也說不出來。

「……是她，講的。」

她再度聽見那奇怪的聲音，聽起來彷彿某人身在四周空無一物、冷清、陰暗的荒野，刻意與話筒拉開距離輕聲細語。

……是她，講的。

上司之所以知道她們抱怨其他部門主管，是安比奈講的。

那聲低語立刻在她腦內轉換成完整的句子，而且清晰無比。她嚇得發抖。

……我是怎麼了？

美園安比奈來到總務部門確實經常造成她的壓力，但也不至於讓她產生幻聽。她聽老家和短期大學的朋友聊過更高壓的職場環境；再者，她也不認為自己神經脆弱到會因為這點程度的小事就生病。

既然如此，這些話……。

她思來想去，腦中冒出一句話。

……都是真的。

她暗忖自己確實有聽見電話傳出的聲音，而且對方是在揭發事實。

到底是誰？

雖愛理子然猜不出來，但她肯定那個人有意讓自己得知事情的真相。

目的是什麼……？

她心懷疑問，恐懼油然而生，害怕自己繼續待在公司廁所裡會發瘋。

她忙不迭地離開廁所，當天就直接回家了。

隔天開始，愛理子連連接到那通不明所以的電話，而且上下班路上也不再只限於T站外的公共電話亭接到，路上任何一座電話亭響起來都不奇怪；她也會在公司的總機，和手機的未顯示來電接到電話。

電話內容都和之前一樣，電話另一頭的陰沉嗓音，都會透露符合她內心猜疑的「解答」，也就是四月以來她懷疑是安比奈幹的所有事情。而且，她每天一定會接到一通。

我不該跟這種電話扯上關係……。

她總是這麼想，但公共電話一響，公司總機一叫，手機一跳出未顯示來電，她仍不由得心生期待。

我要揭穿美園安比奈的真面目。

不知不覺間，她心底迸發出某種類似正義感的情緒，無法自已。

但我怎麼能相信那來路不明的聲音？

儘管她內心深處有所懷疑，但每當電話打來，她一聽到那虛無縹緲的聲音就淪陷了。

只有我知道事情的真相。

她甚至萌生一種參透宇宙真理的錯覺，欣喜若狂。

所以愛理子如果一天下來完全沒從公共電話、總機、手機接到電話，她會焦慮得不得了。她印象中從沒在U Maison的房間裡接過那通電話，所以她如果回到T站，經過熟悉的電話亭還沒接到電話，便會緊緊握住手機。

拜託，快響。

有天她抱著近乎祈禱的心情，握著毫無動靜的手機，但一直到家都沒接到電話，整個人深陷絕望。

隔天她也沒接到電話。她上班路上，每經過一座公共電話亭就停下來等個幾分鐘，也成天注意手機來電，但不響就是不響。後來她決定親自接起每一通打進總機的電話，仍完全等不到那聲音。她連續過了幾天失望的日子，那通電話又死灰復燃，來得猝不及防。

後來，有電話的日子和沒電話的日子反反覆覆，毫無規律。愛理子並不清楚緣由，也因此成天七上八下。她光是想像有天可能再也接不到那通電話，便失落至極，無法自拔。

不過她也發現——雖然發現得有點晚——隨著她接愈多那通神秘的電話，安比奈找她麻煩的次數也逐漸減少。她起初不太敢相信，但觀察了一陣子後發現確實沒錯。不僅如此，安比奈甚至開始對她退避三舍，一副明哲保身的態度，能閃則閃。

**難道是因為安比奈態度轉變，電話才比較少打來嗎？**

這樣就說得通了。可是偶爾也會像以前一樣，連續幾天每天都接到一通電話。照這樣看來，又好像跟安比奈的態度沒什麼關係。

一陣子後，那聲音似乎已經沒狀好告，竟說起安比奈過去的惡行惡狀。

**我其實也沒有想知道這些事情……。**

儘管如此，愛理子還是感覺有趣，忍不住去聽。

**我知道美園安比奈的秘密。**

光是這麼想，她就滿心喜悅，感覺自己佔了上風。這下就算對方作怪，她也有辦法反制。

某天下午，課長找愛理子過去，說了句她始料未及的話。

「從四月開始妳也辛苦了，這陣子去放個假怎麼樣？」

「……沒事，我完全不累。」

愛理子不明所以，於是告訴課長自己真正的感受，但課長還是堅持要她休假。

她靈光一閃。

「課長，該不會是美園小姐說了什麼吧？」

愛理子嚴詞質問，課長原本想裝蒜，這下也承認了。原來安比奈向課長告狀，說愛理子最近處理電話的態度不正常。

**她一定是為了阻撓我去聽那通電話告訴我的事情。**

愛理子怒火中燒，仍沉住氣打算辯解她沒事，然而課長卻說不是只有安比奈一個人認為她處理電話有問題，另外兩名後輩也同樣表示擔憂。愛理子錯愕不已，愣在原地。

「不光是她們，其他人也很擔心妳，覺得妳肯定累積了太多疲勞。其實我也這麼認為。」

課長話已至此，愛理子只好乖乖休假。她原以為大不了就休息個一天，但——

「妳先休息一個禮拜吧。這段期間回老家走走也不錯。」

沒想到課長竟吩咐她休一段長假，她困惑不已。

「課長，難不成我被……」

「妳別想太多，只是公司認為妳有些過勞，這段期間應該休息一下而已。妳就老實接受。」

「……我知道了。謝謝課長。」

愛理子雖然不服，但還是簽了一週的假單。

那天，那通電話沒打來。明明要放假了，她卻因為聽不到那低語而格外失落，怨嘆自己可能從明天開始會有一個禮拜都接不到那通電話。

她垂頭喪氣回到U Maison，才打開房門——

叮鈴叮鈴叮鈴、叮鈴叮鈴叮鈴……

房間內便傳出陌生的聲響，聽起來像搖鈴聲，她匆忙脫鞋進房間一看，整個人僵住。

那台古董電話響了。

她房間裡是有牽電話線，但她當然沒接上這台電話，更何況當初「城館」的人就告訴她這台電話只能當房間的裝飾品，沒辦法使用。

然而……。

眼前這座有名無實的電話卻響了起來，尖聲通知愛理子有人打了電話過來。

……喀啦。

愛理子猶豫半刻，右手顫抖著拿起聽筒，接著嘴巴湊近話筒。她意識到自己沒必要這麼做，因為那通電話並不尋求她的回應，他們之間根本無法交談。

「……喂？」

但愛理子積習難改，還是開了口。

沙沙……。

熟悉的氣息持續了一陣子，她再一次聽見那死氣沉沉的聲音：

……是她，搞的。

愛理子盼望已久的低語悅耳極了。

……是她，搞的。

愛理子這一次的休假，是安比奈搞出來的。

她照慣例馬上將聽到的話轉換成文義明確的句子，然而這次她真的怕了。

這台古董電話明明只是不能用的擺飾……。

所以至今真的都是我幻聽？

也許課長說得對，我真的累了。

於是愛理子克制自己別去想那聲音的讒言，馬上沖了場熱水澡，沖完澡後通體舒暢，開始整理這趟小旅行的行李。她打算明天早一點起床回老家。

隔天早上，愛理子幾乎脂粉未施，一身輕鬆的裝扮走向東京車站。由於她完全沒通知關西老家自己要回去，母親見到她時嚇得腳軟，語重心長地問：

「妳被炒魷魚了嗎？」

「不是啦，我特休。」

她解釋自己四月時負責指導新人，所以公司獎勵她特休。所幸母親聽信她的說詞，她也不必再多解釋什麼。

當天與隔天，她待在老家無所事事，漸漸覺得這三個月左右接到的奇異電話只是一場夢或幻覺。這兩天，那通電話完全沒打來。

看來我真的累壞了……。

不是肉體上的疲累，而是精神上的疲乏。她心想，指導美園安比奈那陣子肯定對她造成了超乎感受的負擔。

她原本期待回老家可以和花純見個面、聊個天，好巧不巧她出差去了，而且還是去處理一件很麻煩的工作，不知道什麼時候才回得來。而除了花純，愛理子也沒有其他特別想見的朋友，所以她回老家的第三天，就在附近走走晃晃消磨時間。

不過一直到前一天還溫情待她的母親，第三天起卻慢慢改變態度。其實就和新年或節慶連假的情況一樣，頭兩天她還願意幫妳弄這個弄那個，但妳待久了就開始唸東唸西，尤其愛理子過了二十五歲之後，母親就常常問她「妳要結婚了沒」。

即便愛理子向母親說明現在時代不同，年過二十五還算年輕，她很多同事都沒結婚，母親也聽不進去。況且在結婚之前，她還得先找個男朋友才行。不過這件事她按下不提，否則母親只會迫不及待地拜託某個雞婆姨媽安排相親。

第四天上午，愛理子便搭上新幹線回東京。雖然母親留她，但她知道如果繼續拖到下午，那位姨媽就會找上門，半強迫她參加相親，她可不想。

她回到T站，穿過剪票口，走過陸橋下樓梯，看到那座電話亭兀自緊張了一下。但她經過時電話並沒有響，手機也沒動靜，回到U Maison的房間站在那台古董電話前也安然無事。

……結束了。

愛理子感覺終於放下心底的重擔。雖然在老家靜養幾天也有幫助，但她仍需要回來房間確認什麼事都不會發生。

她心想既然已經沒事，就該回去上班了。

愛理子為期一週的特休還剩三天，但她決定隔天就進公司。她深信只要那通電話不再打來，她便能從此安心。

隔天，她準時起床，照常洗臉、吃早餐、化妝、換衣服，依照慣例準備上班，然而在她走出家門之際，牆上的古董電話竟響了起來。

直到今天，我們仍不清楚上島愛理子將話筒彼端的話語聽成了什麼，我們只知道，她比預期早了三天回公司，並且在茶水間攻擊了美園安比奈，造成安比奈輕傷。

起初安比奈恐慌至極，直說自己「差點被殺掉」，但冷靜下來後又改變了說詞，表示她們「只是在狹窄的茶水間稍微撞到彼此而已」。總務部門的部長與課長原本還在猶豫要不要報警，聽了安比奈的說法，決定視為單純的意外，息事寧人。

過幾天，愛理子離職了。不是被開除，是她主動遞出辭呈，接著便回到關西老家。後來，那通詭異的電話沉寂了好一段時間，幾個星期過後再度打到老家的有線電話，而用不了多久，也蔓延到她的手機、老家附近的公共電話。

捲土重來的電話，令愛理子心生恐懼，然而她更害怕那聲音道出的內容。

……是花純，做的。

她沒料到會聽見自己好姊妹的名字。而且這一次，她聽得一清二楚。

＊

「然、然後呢？」

由羽希忍不住催促天空說下去，但天空卻草草回答：

「後來她幾經波折找到我這邊，我從她手上拿走忌物後，那通靈異電話也從此不再響起。」

「真虧你帶得回來。」

由羽希看著地上大大小小的電話，深感佩服。

「怎麼可能。」

她不懂天空為何一臉無奈。

「咦？但你不是……」

「如果是上島愛理子的手機和她老家的電話，我還有辦法帶回來，可是她前公司的電話和T站的公共電話我哪可能扛回來？」

「……這麼說也是。」

「而且公共電話還不只一台，不可能全部搬過來啦。」

「的確。」

「再說啦，這類忌物通常就那麼一件，就算真的影響到周遭其他東西，只要除掉罪魁禍首，一切就會恢復正常。」

「所以你只拿走了愛理子在『城館』買的古董電話嗎？」

「不是。」

天空表示否定，卻滿面笑意。

「不是嗎？」

「妳哪裡有看到那台話筒跟聽筒分開的老電話？」

由羽希一聽，又骨碌碌地掃視地上那些電話，但完全沒瞧見那台老舊的電話。

「但是……」

「代表她在『城館』買的那台古董電話不是忌物。」

「可是……」

「愛理子和她好姊妹花純講電話時，說那台電話是禮拜三買的，可是那通靈異電話頭一次打來是隔週的禮拜一，包含她買的那天在內，整整五天什麼事都沒發生。如果那台電話是忌物，這不是很奇怪嗎？」

「那到底什麼才是忌物……」

她覺得現在的狀況比剛才聽故事時更恐怖。

「妳說呢？」

天空看起來倒是樂在其中。

「你講清楚啦。」

「就是這佛堂裡有的東西囉。」

「這我也知道好不好。」

由羽希又生氣又害怕，聽完忌物的故事卻不知道忌物到底是什麼，感覺更毛骨悚然。

「有提示嗎？」

「又不是在猜謎。」

「可是你什麼都不告訴我——對啊。而且明明你一開始的態度就在誤導我，害我以為忌物是這些電話。」

「沒禮貌，我會做那種事情嗎？」

「你就是有。你故意看著地上的電話——」

「那是妳吧？我只是因為聊到妖魔鬼怪不會連續喊兩聲的事情，才想起上島愛理子的經歷。」

由羽希聽了天空解釋，發現他說的好像沒錯。

「對不起，是我誤會了。」

「妳明白就——」

「所以有提示嗎？」

天空大大嘆了口氣。

「愛理子幾乎只有在上下班的路上，還有進公司的時候會接到靈異電話。」

「可是她在U Maison的房間裡也接過兩次。」

「這一點也算是個大提示。」

「什麼意思？」

「明明靈異電話不曾在她房間內響起，為什麼就響那麼兩次？」

「唔——」

「再給妳一個提示。為什麼靈異電話原本一天一定會打一通來，後來卻斷斷續續的？」

「這跟她辭職回老家後，電話消失了一陣子又再打來的原因一樣嗎？」

「一樣。靈異電話會不會打來，跟她人在東京還在關西無關，甚至跟她在不在公司也無關。」

「咦……但原因不是出在美園安比奈身上嗎？」

天空似乎在斟酌怎麼說。

「站在上島愛理子的角度來想，原因當然是這樣沒錯。可是從靈異現象的角度來看，原因是什麼都無所謂。」

「呃——我聽不懂。」

「基本上，那都是愛理子擅自將靈異電話吐露的短短一句話聯想到安比奈身上，假如接到那通電話的是別人，恐怕會有完全不一樣的解釋。」

「……聽起來有夠不舒服的。」

「靈異現象就是這麼一回事囉。」

「所以造成靈異現象的忌物到底是什麼？」

「妳自己動點腦袋行不行？」

「可是……」

天空又嘆了口氣。

「第一通靈異電話，為什麼不是打到公司的總機或她的手機，而是T站的公共電話，這提示夠大了吧？」

由羽希仔細翻閱她奮筆寫下的筆記，感覺那忌物的影子搖曳浮現腦中，整個人血脈賁張，然而那影子卻始終若即若離，害她漸漸焦躁起來。
「妳仔細想想，這次這個忌物的特徵是什麼。」
由羽希循著天空的建議思考——
「啊！」
總算猜出了忌物的真面目。
「是耳環對不對？是愛理子下班時到『城館』買的銀製海螺耳環。」
「答對了。」
眼見天空笑得像個小孩子，由羽希內心一陣悸動，不過她馬上又被天空的下一句話激怒。
「對是對了，但妳也未免想太久了。」
「這我也沒辦法啊。」
「U Maison房間裡的電話之所以沒響，是因為她每次一回家就拔掉耳環的關係。」
「因為她習慣一回家就先沖澡，所以都會提早拔掉耳環。」
「然後她有一陣子沒接到靈異電話，大概是因為她戴了其他的耳環。過一陣子又開始接到，十之八九是因為她又戴上了那副海螺耳環。」
「那為什麼房間裡的電話還會響？」

「第一次是她下班一回家打開門的時候，另一次是她放完假，正準備好出門上班的時候。這兩次她一定都戴著耳環。」

「她在老家的時候都沒事，也是因為她沒有把海螺耳環帶回去對不對？」

「這樣想比較合理。」

「那為什麼她同事會覺得她累了？」

「恐怕是因為公司總機明明沒響，她卻一直接電話的關係。」

「咦……」

「而且她還一副真的聽到電話裡有聲音的樣子，那樣任誰來看都會擔心吧。」

「愛理子最後接的那通電話，到底聽到了什麼？」

「關於這點，我完全搞不清楚。」

「連你也不知道？」

由羽希原本想煽動天空，卻換來討厭的回覆。

「不管她聽到什麼，為了我們自身安全著想，還是別知道比較好。」

「……」

「唯一可以確定的是，愛理子一定覺得放著不管會讓對方白白逃過一劫吧。」

什麼東西逃過一劫……由羽希好不容易才忍住沒問，轉而提出其他更好奇的問題。

「愛理子後來怎麼樣了？」

「她回到老家，在當地重新找了份工作。順帶一提，聽說事發後沒多久，美園安比奈也辭職了。」

「因為她在公司待不下去嗎？」

「難說，以她的個性應該不會輕易辭職才對，大概是她自己心裡有鬼吧。」

由羽希感覺天空就要結束這個話題，趕緊追問關鍵問題：

「可是為什麼海螺耳環會——」

「打靈異電話過來，這我當然不知道。」

「怎麼又這樣。」

「我不都說了，我有興趣的是靈異現象本身，不是靈異現象背後的因緣。」

天空話才剛說完，又自得其樂地開口：

「不過，引起這種靈異現象的耳環竟然是海螺的造型，這點倒是滿值得玩味的。」

「因為海螺給人一種會想放在耳邊聽的印象嗎？」

「嗯。不覺得這冥冥之中和在妳耳邊低語一聲的靈異現象相呼應嗎？」

「那副耳環在哪裡？」

由羽希張望四周地板，眼裡揣著期待，天空卻露出傷腦筋的神情。

「其實我也不知道，它太小了。」

「你太不負責任了吧。」

「沒禮貌。東西我都淨化過了，就算找不到也不會有任何問題。」

「既然你是在蒐集忌物，就有責任妥善保管。我有說錯嗎？」

「……是啦。」

看到天空鬥嘴鬥不贏自己，由羽希一臉得意。

「而且你怎麼好意思把忌物這樣亂丟在地上。」

「看起來很亂沒錯，但什麼東西在哪裡我大概都知道——」

「那海螺耳環呢？」

「……我不知道。」

由羽希得寸進尺，這時天空說出意想不到的話。

「好吧。那收拾忌物的工作也交給助手負責吧。」

「等一下……」

由羽希雖然抗議，但天空不以為意，迫不及待地挑選下一個要講的忌物。

# 第四夜 攝魂者

由羽希難得在村裡用走的。

她從糸藻澤地區最西邊的內之澤出發，穿過五座村落前往最東邊的九泊里，朝著遺佛寺前進。這項每日例行公事依然，只不過她身處的環境看似逐漸趨穩。

背後好恐怖，感覺有東西一直跟著她。

面前好恐怖，感覺有東西攔阻在前方。

令人措手不及的震耳怪叫。

令人頭皮發麻的模糊呢喃。

這三天，她始終面臨這樣的威脅，每次碰到都不知道有多麼擔驚受怕。

然而今天她卻幾乎沒有受到攪擾。雖然她仍深陷於迷路的感受，但除此之外一切安穩。

一直到昨天，她經過每一座村莊時總全力奔跑，只為擺脫恐怖現象的侵襲，唯有來到串聯一座村與另一座村的沿海道路，貌似安全的地帶，才得以放慢腳步。

然而現在，由羽希卻尋常地走在村子裡。雖然眼前光景不變，路上不見人影、房舍毫無生氣……但她已經不再感到害怕，只覺得蕭瑟寂寥。

**我安全了嗎？**

由羽希走在路上，仍對周圍保持警覺——她還是覺得周遭氣氛毛毛的——但內心抱著一絲希望。

她在遺佛寺初見天山天空時，天空說他需要花「四、五天到一個禮拜」弄清楚由羽希碰上的狀況。

今天是第四天。

由羽希心想也該有個結論了。她也猜想，會不會是因為時間差不多了，那些靈異現象才消失無蹤。她今天之所以沒碰到前三天遭遇的任何一種詭異狀況，是不是代表沙行者漸漸不再作祟了？

由羽希這麼一想，感到踏實，但內心深處仍有罣礙。

**我好像忘了什麼很重要的事情……。**

她想破了頭仍無法憶起自己到底忘了什麼。

**好像是跟沙行者有關的事情……。**

她煩惱了整路，不知不覺已經來到熟悉的石階下。

前幾天她來到這裡時幾乎筋疲力竭，所以每次爬階梯都爬得很辛苦，但今天她游刃有餘；就算她爬上石階，目擊寺院悽楚的模樣，也不至於那麼失望。

**這樣到底是好是壞。**

她心情有些複雜，這時參道遠端跑來一隻黑貓，那小跑步過來的模樣可愛極了。

「黑貓老師，我今天來的路上沒那麼可怕了。」

由羽希抱起黑貓，蹭了蹭臉。

呼嚕呼嚕、呼嚕呼嚕。

黑貓的喉嚨發出低吟歡迎由羽希。由羽希由衷希望能這樣沉浸在幸福的時光久一點，但她知道佛堂馬上就會傳來天空那句「佛堂門要關哪」，於是她走過參道，打了招呼。

「打擾了。」

過了半晌——

「喲！」

她聽到天空回應，聲音模糊。

由羽希抱著黑貓走進佛堂，看見他照樣坐在佛壇前面。和前幾天不同的是，今天他直勾勾地盯著由羽希，不像平常那樣埋頭端詳忌物。

「呃，怎麼了嗎？」

由羽希不假思索問道，不過天空仍定定望著她許久才回答。

「妳今天還真有精神。」

「就是說啊。」
她坐到天空面前，手摸著貓，神采奕奕地談起一路上對村裡情況轉變的感受和她的想法。
「原來如此。」
天空的反應潑了她一大桶冷水。
「這樣應該表示情況好轉了吧？」
她尋求肯定的回覆，但——
「事實正好相反。」
聽到難以置信的答案，她感覺自己眼前一黑。
「……怎麼說？」
「碰上靈異現象時，代表妳處於對抗的階段。但我告訴妳，如果妳突然感覺不到靈異現象，大致上可分成兩種情況，一種可能是禍患正在遠離，另一種可能是妳愈陷愈深了。」
「那、那我是……」
「毫無疑問是第二種情況。」
由羽希後悔自己太早抱持希望，這下反遭重挫，感覺就要一蹶不振。
「怎麼會這樣。」

不過她個性還是夠堅強，沒有當場哭出來。

「你快想想辦法啊。」

她正色央求天空。

「我之前不是跟妳說過——」

「需要四、五天到一個禮拜，你是這麼說的。」

「所以說也是有可能要觀察一個禮拜的嘛。」

「你的意思是現在還太早了嗎？」

「這個時機喔，沒那麼好判斷……」

「那就代表你是有可能處理的對不對？既然如此你快點——」

「不是，事情沒那麼簡單……」

由羽希咄咄逼人，天空始終支吾其詞，但由羽希的下一句話卻令天空態度驟變。

「現在哪有時間聽你講那什麼忌物的故事。」

「喂，我勸妳最好別小看忌物。」

「但那不都是一些舊東西嗎？雖然你說忌物跟你第一天提過的付喪神不一樣，但我覺得根本差不多，頂多就是冒出來的時候有點恐怖，但又不會造成什麼嚴重的禍害。」

「妳聽好，付喪神和忌物是兩回事。前者雖然有時候也會害人，但可遠遠比不上後者作祟的程度。」

天空一副曉以大義的口氣。

「而且兩者雖然不同，但也可以說，付喪神惡化到後來就會變成忌物。忌物的歷史就是這麼悠久。」

「付喪神不是室町時代的東西嗎？這麼久以前的東西再怎麼樣也——」

「不不不，昭和五年（一九三〇年），佐佐木喜善[21]就曾蒐集到這麼一則故事——」

天空突然又談笑風生了起來。

「某夜，一戶人家的女傭落單時，聽見家裡傳出恐怖的聲響，喀啦、叩囉、哐噹……她心想家裡鬧鬼，嚇得跑去稟報夫人，於是夫人決定陪女傭一起在她的房間監視。隔天夜裡，她們豎起耳朵，在同樣的時刻聽見了同樣的聲響，這下夫人也信了。隔天她們決定見證鬼怪的真面目。那天晚上，那奇怪的聲響又在同一時刻響起，夫人開了一道門縫偷看，竟看見鞋履外型的

21：佐佐木喜善（一八八六～一九三三）為日本知名民俗學家、文學家，不過本人自謙只是蒐集了許多資料，稱不上學者。

妖怪準備鑽進儲藏間，而那座儲藏間是用來棄置敝屣的地方。由於這一家人總是不珍惜鞋子，家裡才會生出鞋妖。這則故事出自喜善的《聽耳草紙》[22]——」

天空說到這裡，總算發現由羽希反應冷淡。

「……不過，這故事也不怎麼恐怖。」

他難得示弱，但——

「對了，根岸鎮衛的《耳囊》收錄了江戶時代各種怪談，其中有這樣一則故事——」

他還是學不乖，馬上講起下一則故事。

「從前，有名男子在家裡附近的舊貨店買了座土灶，就是用土做的爐灶。他買那座土灶回來煮飯，然而第二天晚上他忽然一瞥，寒毛直豎，因為土灶底下伸出了一隻手。他膽戰心驚，仔細一瞧，竟看到一名全身髒兮兮的法師趴在那裡。可是灶底還有木柴，怎麼想都不可能有人鑽進去。隔天晚上，又發生了同樣的事情。男子嚇壞了，回去找舊貨店，多付一筆錢換了一座爐灶。後來男子聽聞友人向那間舊貨店買下那座土灶，心想對方或許也有相同的遭遇，一問之下果不其然，對方也說自己『碰到了恐怖的事情，晚上根本睡不著覺』。於是男子分享自己的經歷，並帶他回舊貨店，一樣讓他多付了錢換一座灶。不過男子還是掛念著這件事，過了一陣子後又上那間舊貨店，問老闆『那座土灶後來怎麼樣了』，老闆說『後來很快就賣了出去，但現在又被退了回來』。男子於是坦承自己的遭遇，不過老闆聽了生氣，以為男子是在找自己家商品的碴，男子便告訴老闆『假如你不信，不妨自己使用看看』，這時老闆才想，『這灶都被退回來三次，或許真有什麼問題』。後來老闆將那座土灶搬去自家廚房，煮了壺茶後撲滅柴火，在一旁靜觀其變，同樣撞見了靈異現象。一隻手從灶底伸了出來，隨即鑽出一名渾身髒兮兮的法師，開始在周圍爬來爬去。隔天早上，老闆砸了土灶，發現裡面竟藏了五兩的金子。原來這名和尚生前將金子藏在灶裡，而他對金子的執念，造就了這般靈異現象。」

「這故事的確滿不舒服的。」

「是吧。」

天空得意地笑，像個孩子。

「但到頭來不就是老闆賺了一筆，可喜可賀而已嗎？」

由羽希直白地表述感想，天空一聽立刻收起笑容，但這點小事可不足以讓他打退堂鼓。

「還有一本，新井白蛾[23]的《牛馬問》也記載很多江戶時代的怪談故事，裡面有這樣一則故事。」

22：聽耳草紙：收錄許多佐佐木喜善故鄉（岩手縣遠野）流傳之鄉土奇聞、民俗傳說。

他完全學不到教訓，又談起了其他故事。

「有名大夫租下一間許久沒人居住的空房，而他搬進去沒多久就抱病倒下了。大夫心想，肯定是房子空了太久，濕氣淤積不散的緣故，所以他自己調配了藥方調養，但病情卻遲遲不見好轉，後來甚至陷入一種耽驚受怕、苦不堪言的抑鬱狀態。這樣的日子持續了好一陣子，有天他突然想到，或許是儲藏間漏風，冷風灌入害他受寒，身子才每況愈下。他要徒弟檢查儲藏間，卻沒發現任何異狀；接著他懷疑起一座老佛壇，同樣命徒弟檢查，但也不見異常，然而當徒弟打開佛壇底下的櫥櫃，卻翻出一顆老舊的枕頭。大夫一看，認為『這東西已歷經數百年光陰，肯定已幻化成妖』，於是在院子裡生了火，將枕頭扔了進去，而火堆中竟散發出人燒焦的臭味。」

「好噁。」

由羽希整張臉不由得皺起來，天空見狀一臉滿意，但也只有一下子。

「要是大夫沒有發現那顆枕頭，恐怕早就死了，但沒想到他這麼輕易就找到了。」由羽希說。

「是沒錯啦。」

天空再一次表現得喪氣，但——

「而且竟然還燒掉就沒事了。」

由羽希這句話，讓天空找回了原本的自己。

「因為那是付喪神。如果是忌物，就沒那麼好對付了。」

「但你不是有本事封印忌物的力量嗎？」

「沒錯。」

天空淡然回應，不帶驕縱，反而彰顯他胸有成竹。由羽希再次佩服起來，但也因此更希望天空趕緊想辦法解決她遭逢的靈異現象。

由羽希懇求，但天空似乎還沒原諒她對於付喪神和忌物的不敬。

「有些忌物就算我好不容易封印了力量，也難保哪天不會復活。我就告訴妳這樣的恐怖故事吧，但我不會說忌物是什麼，妳得自己猜。」

天空突然提出匪夷所思的要求。

我沒有時間陪你玩——由羽希原本打算怒聲拒絕，但她暗自下了一個決定。

23：新井白蛾（一七一五～一七九二）為江戶時代中期的知名儒學家、易學家，《牛馬問》是他諸多著作中的一部隨筆集。

「……好，但假如我猜中了忌物，你就要認真處理我身上那些沙行者的靈異現象。」

「我打從一開始就很認真。」

天空一副冤枉的表情。

「我是真的需要時間觀察，但有時也的確只要四、五天就能弄清楚狀況，然後想辦法搞定。行，一言為定。」

「我確認一下，你會給提示吧？」

由羽希質疑。

「沒有那種東西。」

天空冷漠地回答。

「哪有人這樣的……那樣誰猜得出來。我跟你又不一樣，我什麼能力都沒有，你這樣不公平、過分、惡劣。」

「好啦好啦。」

天空不堪其擾似地揮了揮手。

「我不會給明顯的提示，但講的時候會穿插各種類似間接證據的提示，這樣總行了吧？」

「……好。這次也跟之前一樣是當事人的故事嗎？」

由羽希這麼一問，天空露出一副邪惡的笑容，語中帶有弦外之音。

「不，不一樣。這次的當事人無法描述自己的體驗，所以我會從上帝視角來敘述。要說是忌物的視角也可以，但那樣想的話多少有失公允就是了。」

*

那是個微風輕拂的舒服日子。

陽台望出去，五月的晴空遠方有台太空梭造型的飛船，看起來是在宣傳某部外國電影。緩緩移動的飛船底下，有顆廣告氣球舞動著，那顆繽紛的四色大球隨風搖曳，那一帶應該是市中心。

一級河川[24]對岸，遙控直升機嗡嗡作響，扶搖直上；好幾面塑膠風箏在空中飛舞，還有顆紅通通的氣球掙脫了孩子的手飄上天，看起來愜意極了；河堤上可見一家大小在玩紙飛機，

24：日本《河川法》將全土水系分成一級水系、二級水系，其中一級為與民生、產業息息相關之水系，歸中央管轄。二級則為流域面積較小的水系，由地方單位管理。

有些鴿子受到驚嚇，振翅竄飛。

如此閒適的風光，在五月的晴空底下彷彿綿延無盡。僅僅是望著這片景致，身心便獲得洗滌，教人神清氣爽。

這個五月連假的最後一天，實在舒服極了。

時間來到當天早晨稍晚的時刻。

棉花糖似的白雲高掛藍天，太陽照耀，彷彿就要融化。

舒適的日照與微風，從南面敞開的大窗戶流洩入室。

陽光活力滿溢，直落木板地、沙發，以及玻璃桌。地板與桌子光可鑑人，顯然住在這間房子的人十分愛乾淨；質感高級的皮革沙發表面，也擁有足以反光的亮澤。

沙發上，超人七號與喬王的軟膠玩偶靠著卡美拉圖案的風箏，好似享受著日光浴，令人窩心。置物架上的兔子陶偶帶著亮麗的桃紅色澤，玻璃盒裡的法國人偶似乎揚著微笑。

微風靜靜穿梭室內，撫弄窗邊盆栽飽受呵護的葉片，搖晃飯廳花瓶裡的鳶尾花花瓣。

這裡是公寓大廈「碧綠之窗」五樓的某戶人家。雖然這間公寓距離最近的車站走路要二十分鐘，不過建築落成才三年，房客以年輕家庭居多。這一帶是剛開發的新興住宅區，周圍還不見其他高樓大廈，氣氛恬靜宜人。

從公寓房間的陽台望出去，藍天一望無際；腳下一片造林地，灌木蔥蔥郁郁；再過去可見一小群獨棟民宅，一路擴及河岸對面遠處的雜木林。

公寓面對一條車流稀疏的馬路，穿過帶點童話風裝飾的大門，會先來到一座有屋頂的廣場，住戶的信箱兼門牌都設置在這裡。進入建築物，馬上會看到服務台和管理室，大廳電梯時常停在一樓待命。

每一戶的玄關都面對大樓中央天井；為避免每戶人家之間門戶相對，走廊的形式較為曲折複雜。除了頂樓走廊有屋簷遮風避雨，其下任何樓層只要將頭探出扶手，就能直接俯瞰一樓的中庭。

不過公寓的走廊本來就很寬敞，加上每戶人家的玄關之外還有門柱，就算風雨稍微強了點，門柱與玄關門圈出來的小空間也能避免雨水直接打濕玄關。

這戶門柱的門牌上寫著「下部」。穿過門柱，來到玄關門前，門的右上方掛著一塊標示住戶成員的銘牌，顯示下部家是由父親下部明一、母親友繼子、兒子聖一組成的三人小家庭。

走進玄關，脫鞋處的磁磚地板掃得乾乾淨淨，皮鞋、高跟鞋、運動鞋、涼鞋擺得整整齊齊，想必右手邊的鞋櫃裡頭也是有條不紊。

脫了鞋，跨上走廊，地上鋪著一塊地墊，上面有可愛粉紅色兔子和花草的圖案，而且沒有一絲髒污，看起來跟新的一樣；右邊放室內拖鞋的木製鞋架頂部也雕著一隻兔子。

走廊右側牆上有一面陳舊的橢圓形鏡子，外框裝飾精雕細琢，微霧的鏡面卻增添一分古色古香。

鏡子對面有一扇門，門後是一間約三坪大的房間。進門後左手邊就是書桌和電腦，右手邊則有座大書櫃，看來是明一的書房。

明一似乎假日也要工作，書桌周圍疊了好幾本書，文件也堆成兩座小山；書櫃上的書依照版型和出版社排得好好的，由此可見明一個性一絲不苟。房間的裝飾雖然簡單，卻營造出一種沉著。

書櫃與書桌之間的牆上，貼著一張標題為「我的父親」的蠟筆畫，那是唯一和整座房間風格迥異的東西，但明一大概也不在意。

走廊右側的門通往洗手間，裡面也擦拭得一塵不染，潔淨無比。掛在洗手台旁邊的毛巾上有比得兔的圖案，看來友紀子對兔子情有獨鍾。

洗手間左右兩側各有一扇門，右邊是廁所，門上掛著一隻兔子木雕；兔子的粉紅色長耳可以活動，兩耳皆有紅字標示，右耳寫著「使用中」，左耳寫著「未使用」。廁所看起來也清理得十分明淨。

廁所對面是浴室，地板、牆壁和浴缸都刷洗得潔淨無瑕，洗髮精和肥皂擺得有條有理；小凳子上的水桶裝著一個有橡膠螺旋槳的潛水艇和一枝水槍，想必是聖一的玩具。不過潛水艇已經快沒電了，動不太起來。

離開洗手間，繼續沿著走廊往屋裡走，就會來到餐廚合一的開放空間。以空間整體來說，飯廳區域占了較大的面積，但因為擺了一張餐桌，所以看起來也不至於空蕩蕩的。系統廚具擦得光鮮亮麗，流理台周圍連一滴水都看不到，彷彿要隨時端出一道好菜都不是問題。

這座餐廚空間往左、往後延伸，與客廳連成一片，剛好呈現一個倒L型的模樣。L型的底邊部分有面朝向正南方的大窗戶，窗外有陽台；L型長邊部分盡頭的牆上掛著一台大電視，沙發和玻璃桌就擺在電視前。

別出心裁的是，L型轉角的內側有一間約四坪大的和室。和室的地板高度與餐廚客廳之間有一段落差，並以傳統的紙拉門隔間。穿過關上的拉門窺視其中，可以看到裡面鋪著三組棉被，從大小和顏色來看，可以得知由內而外分別是友紀子、聖一、明一的床位。床頭的方向有個凹間，掛著畫軸、擺著壺，另外還有收放棉被的壁櫥。

客廳看起來有些凌亂，但並不髒亂，看得出來原本整理得井井有條，只是現在稍微弄亂的程度。以一個家裡有學齡前男童的家庭來說，收拾得這麼好反倒教人感到不可思議；更別提現在正值黃金週假期，家裡看起來還能如此條理分明，或許要多虧友紀子愛乾淨的個性，也可能是聖一遺傳到她，本來就不太會亂丟東西的緣故。

儘管如此，屋裡還是處處可見平時不可能出現的光景，比方說電視遊樂器放在大電視前面沒有收，包著保鮮膜的蘋果糖葫蘆和假面騎士塑膠袋包著的棉花糖擺在餐桌上，章魚燒的盒子也沒有完全塞進垃圾桶。

前一晚，下部家一家三口頭一次逛了附近神社舉辦的祭典市集。其實神社的祭典每年都在這個時期舉辦，只是他們以往習慣趁著假期出門旅行，所以從來沒去逛過。

至於今年，儘管明一有整整一週的假期，卻需要在家處理工作，因此往年的慣例也只好無奈中止。放了假卻沒辦法出去玩的聖一看準時機使勁撒嬌，而明一與友紀子也盡可能滿足兒子的任性。

除了他們帶回家的那些東西以外，聖一昨晚還喝了彈珠汽水，玩了打靶，吃了玉米，撈了金魚。他吃得好飽，飽到再也吃不下蘋果糖葫蘆和棉花糖，雖然他對此心有不甘，但整體而言還是樂不可支。

當然不光是他，他們一家三口和樂融融，度過了一段愉快的時光。

他們回到家後，明一和聖一玩電視遊樂器直到凌晨，友紀子則在一旁莞爾觀望他們父子對決。

友紀子那天買了一顆兔子造型的氣球，上面有兩隻長長的耳朵。她昨晚將氣球的繩子繫在飯廳椅子的椅背，原本繩子還被漂浮的氣球拉得直挺挺，但氣球沒多久便已消氣皺縮。要是聖一起床看到皺巴巴又髒兮兮的白色汽球，肯定會感到沮喪。又或者他一點興趣也沒有，畢竟這是母親的氣球。

聖一比較可能會在意他們回家之前明一買給他的風箏。不過仔細一看，風箏的竹編骨架有裂痕，即使能飛上天恐怕也會馬上墜落。即便如此，倘若聖一從陽台看到河岸上的情景，肯定會央求父親也帶他去放風箏。

屋裡處處是歡樂時光過後的痕跡：看起來已不如昨晚美味的蘋果糖葫蘆、包裝袋依然飽滿但本身已經塌陷的棉花糖、原本裝著沒料章魚燒的餐盒、疑似有瑕疵的風箏、三兩下就沒氣的氣球。這些平常與下部家無緣的事物，如今散落在飯廳與客廳各處。

儘管不比他們每年的家庭旅遊，三人仍不亦樂乎，因為眼前的一切新鮮極了。

一家三口心滿意足，再一次深刻體會到平凡的幸福。

明一對家人、對自己建立的家庭再次湧現愛意。當他牽著聖一的右手，友紀子牽著聖一左手，三人一起走在路上時，他內心感受到一股難以言喻的安寧。

友紀子對聖一的母愛，在如此平淡無奇的生活中更加強烈，她也睽違許久再次感覺自己嫁對了人。

聖一並沒有察覺自己現在過得到底多美滿，只是沉浸在自己真的好喜歡爸比和媽咪的幸福心情之中。

他們並沒有對妻子、對丈夫、對孩子、對父親、對母親，說出自己心裡的感受，但即使不刻意說出口，他們昨晚也已經心意相通。

下部家三口打從心底感到滿足，也打從心底相信，他們是全日本最幸福的一家人。

直到今天早上……。

最先睜開眼睛的人，是父親明一。

他離開被窩，走出和室，先打開南面的大窗戶與紗窗，讓舒服的微風吹進房裡。就這樣，之後他只是站在窗邊，什麼也不做。

有些成年人，偶爾會這樣。

接著起床的，是兒子聖一。

他從和室來到客廳，東張西望，看起來在找什麼東西。他的視線捕捉到爸比的身影，卻順理成章似地視若無睹，彷彿那裡根本沒人在。

聖一在客廳梭巡片刻，仍找不到滿意的東西。他雖然面無表情，態度卻逐漸流露出焦躁。他忽然停止動作，盯著半空中的某一點數秒，轉而走向廚房。

他在廚房繼續看來看去，當他打開流理台底下的收納櫃，雙眼發亮。他從雙門櫃裡抽出一把菜刀，動作笨拙。那是一把刀身細長的生魚片刀。

聖一端詳著那把生魚片刀，神態宛如鑑賞名刀，接著揚起了笑容。正因為他方才面無表情，這張滿足的笑顏顯得更加可愛。

小孩子的適應力果然還是比大人好多了。聖一打從起床那一刻開始，腦袋就是空白的。不過聖一從廚房走向飯廳的路上，本想重新握好菜刀，卻不慎讓菜刀從手中滑落。刀尖向下直直墜落，刺穿他右腳拇趾與第二趾之間柔軟的肉，鮮血馬上從趾間流出，弄濕了地板。

「啊——」

然而聖一也就那麼一剎那痛得哀嚎，下一秒他又變回毫無表情的模樣，看向自己的右腳。他一臉茫然，似乎完全不明白發生了什麼事。

聖一稀鬆平常地退回廚房；當他抬起被生魚片刀釘在地上的右腳，腳上傳出肉被劃開的聲音，但他看起來還是一點也不痛，漠然踩著腳步回到廚房。

他再次打開流理台底下的雙門櫃，拿出另一把菜刀，這次他選了一把用來切肉、切魚用的牛刀，但聖一並不懂菜刀，他只是隨手拿了把第一眼看到的刀。

他又一次滿意地欣賞菜刀，接著兩手緊握刀柄，走向和室。他從廚房走到客廳，在木板地上印下一個個小小的血腳印。

剛才爸比起床時開了和室南面的紙門，現在依然開著，雖然幅度不大，大人要側著身子才勉強過得去，但對聖一來說當然不成問題，不過他還是靜悄悄地鑽了過去。

和室沒開燈，即使有光線從紙門間的縫隙透進來，聖一還是覺得很暗。他的眼睛需要點時間適應，於是連連眨眼，並盡可能在視野清楚前屏息凝氣。

聖一看見爸比起床後留下的凌亂被窩，再過去則是聖一自己的被窩，同樣亂糟糟的；而最裡面的媽咪還在熟睡，完全沒發現爸比和他都起床了，甚至還微微打呼。

聖一躡手躡腳往裡頭走，站在媽咪的枕邊。

他正顏厲色，鄭重地握好菜刀。他右手反握，左手扶著，雙手高舉過頭。

接著他瞄準媽咪的臉，一口氣往下揮。

噗嘰、嘎吱。

刀刃貫穿媽咪左臉、直刺牙齦的聲響傳進聖一耳裡，一種難以形容的觸感爬上雙手，害他失禁。他從沒體驗過如此快感。

他的腦海馬上染成一片鮮紅。

「呃啊——」

友紀子感到一陣劇痛，隨即放聲哀號，整個人從被窩裡彈起來。但她的痛楚轉瞬即逝，她對兒子的認知也是。

聖一就站在她面前。她目瞪口呆，不敢相信自己眼前的景象，但那也是一瞬間的事，她不用一秒就明白自己的孩子拿菜刀刺了她。

下個瞬間，友紀子腦中一片空白。

她猛然起身，表情冷若冰霜，雙手揪住兒子的領口，使勁將他甩向飯廳方向的紙門。

砰、啪啦啪啦。

聖一穿破紙門中央，滾至飯廳。

咚。

他的頭似乎重擊地板，沉悶的聲響甚至傳進和室。

鮮血般的紅，在友紀子腦中的空白世界暈開，那顏色喜氣極了。

她的顏面開始抽搐，但絕非出於疼痛，而是因為她想笑。她想堆起笑容，卻有菜刀礙事。

友紀子毫不遲疑，唰的一聲拔出臉上的菜刀。

滴答、滴答、滴答、滴答。

裂開的創口血流如注，鮮血滑過下巴、喉頭滴落在地，看起來就像她臉上多了一張大嘴巴。

她應當感到痛不欲生，卻貌似毫不在意。她歪著頭，神色怪異，隔著破裂的紙門注視倒在地上的兒子。

兒子稍微抽了一下身體。

友紀子見狀，握好從臉上拔下的菜刀，準備撲向地上的兒子。

她瞄準兒子的頸部。

砰。

但她整個人卻突然被頂飛出去，撞破剩下一半的紙門，也摔到飯廳地上。她飛過地上的兒子，跌在更遠的地方。

咚。

友紀子的頭也撞在地上，造成一陣巨響，手上的菜刀也因此飛了出去。她餘光瞥見菜刀滑過地板，整個人像隻被輾過的青蛙一樣癱在地上。

明一究竟是於何時真正回神，這一點不得而知，至少在兒子襲擊妻子的時候，他腦中已成一片空白。

但明一在聖一揮刀刺向友紀子時，以及後來形勢逆轉，妻子將兒子甩到飯廳時，他都只是靜靜旁觀。

頭部重摔的聖一臥地不起，而友紀子雖然臉被刺穿，但明一判斷她受到的傷害並不如兒子，於是默默走向妻子。

這時聖一已經多少動得了身體，但明一眼裡沒有他。他趁著妻子注意力全放在兒子身上，繞往妻子背後，使盡全力將妻子撞出去。

他空白的腦中閃過一片紅，但不夠，遠遠不夠。他還想要更多。

友紀子和聖一同樣倒在地上，明一看也不看，小跑步穿過走廊跑進書房。

他是為了靠在房間角落的高爾夫球袋而來。他從中抽出剛買的木桿，嘴上喊著「喝、喝、喝」，揮了一下、兩下、三下，像個孩子在揮舞玩具刀。

他感覺一股力量自丹田湧上，心浮氣盛，便帶著這股盛氣衝出書房。

他連忙趕回飯廳，卻不見原本倒在地上的妻兒。

明一提高警覺，雙手緊握木桿，姿勢如持棒球球棒，滑行腳步緩緩前進。

說時遲那時快，妻子忽地從左方和室跳出，右手揮著熨斗襲向明一。

熨斗尖端擊中丈夫頭側，友紀子卻因為用力過猛，隨後整個人撞上餐桌。她好不容易攻擊奏效，下場卻是兩敗俱傷。

不過友紀子倒是沒有受創的自覺，反而腦中的紅更加鮮豔，人也更有活力。

她趁著丈夫將自己撞飛後前往書房的空檔，回到和室，拉開壁櫥物色適合的武器。她最後選擇了熨斗，因為熨斗硬度高、強度夠，前端又尖銳。她右手拿著熨斗，守在完好的紙門後頭。

不久後丈夫回到客廳，友紀子瞄準他尋找自己和兒子時的空檔，跳出和室發動奇襲。

丈夫挨了一記熨斗，側頭噴灑出大量鮮血，當場單膝跪了下來。他雖然挺住沒有倒下，但看起來果然深受重創，遲遲沒有反擊的跡象。他滿頭鮮血淋漓，身體搖搖晃晃，但仍咬緊牙關不讓自己倒地。

成年男性果然很難因為那種程度的攻擊而斃命，必須補上致命打擊才行。

她打算用熨斗的底部往丈夫的頭頂用力砸下去。

友紀子剛才撞到桌子時，熨斗從她手中脫落。就在她伸手去撿熨斗時——

噠、噠、噠。

她聽見背後響起腳步聲，回頭一看，剛才疑似躲在客廳沙發後面的聖一踩著顫跛的步履，一直線往她跑過來。

他右手握著一把剪刀，是原本放在玻璃桌上那把用來剪開零食包裝的剪刀。

聖一跑向媽咪，深知這把剪刀不足以置媽咪於死地，所以打算刺向媽咪的眼窩。

哪邊比較好瞄準，右眼，還是左眼？

他餘光瞥見爸比人就在右邊，但他判斷將剪刀刺進媽咪的眼睛後，還有充足的時間可以撿起地上兩把菜刀的其中一把接著攻擊爸比。

媽咪看起來比爸比還有力氣，如果不先遏制媽咪的行動，就沒辦法放心攻擊爸比。更何況媽咪現在尚未重振旗鼓。

聖一雖然對自己不聽使喚的身體感到煩躁，依然動身刺向媽咪。

媽咪正好往左回過頭來，於是聖一瞄準了左眼。他緊盯著媽咪的左眼，一股腦兒向前衝。叩。

聖一的脖子突然往左一歪，隨即倒地。

明一手持木桿，打中兒子的頭，宛如敲出紮紮實實的一球。

一陣舒服的震動沿著木桿傳來，迅速遍布明一全身，他激昂得顫抖。

與此同時，他腦中染上一片紅，遠比剛才撞飛妻子時更加朱紅、更加艷麗。

聖一癱倒在地，頭扭成不自然的角度。

「呵、哈哈哈哈。」

明一內心湧現無與倫比的充實滋味，全身上下迸發出一股超越性愛的快感。

他接著走往聖一身邊，空揮幾下球桿，然後全力揮桿擊向兒子的頭。

聖一的頭傳出悶響，應聲凹陷，明一的球桿也彎了。

漂亮的紅在明一腦中綻放。

毒辣的朱紅色遍及他腦中所有角落。

「啊啊——」

明一忍不住喘出聲。下個瞬間，他射精了。他嘴邊掛著口水，雙眼翻白，全身痙攣。

「哈——」

他喜悅的呼聲在房裡迴盪。

他光是想到待會要將兒子推下陽台徹底了結他，便感覺又要高潮了。

喀啦。

明一的後腦杓遭到出其不意的重擊，整個人向前撲倒。

友紀子暗揣，丈夫比自己高，站著不好攻擊，也很難用手上的熨斗砸開他的後腦勺。於是她將電線拉出來纏在手上，甩動熨斗。她趁丈夫只顧著兒子的機會，算好自己和丈夫的距離，悄然逼近，接著一鼓作氣將熨斗往丈夫的後腦勺砸去。

喀啦。

一陣巨響過後，丈夫趴倒在地。那聲音令人寒毛直豎，聽起來枕骨不是裂了就是碎了。

友紀子左臉流出的血已經將她左半身徹底染紅。她小心翼翼走向丈夫，確認丈夫確實遭到重創後，跨在丈夫背上，將熨斗的電線繞過丈夫的脖子，用力勒緊。

雖然友紀子只看得見丈夫的後腦勺，但仍感覺得到他已經開始臉色發紫。他扭來扭去，全身顫抖不住。

片刻之後，丈夫突然全身無力，癱軟下來。他口吐唾沫，其中帶點紅色，大概是摻了點血。他似乎還失禁了，因為友紀子突然聞到氨水般的臭味。

友紀子眉頭緊蹙、眼神迷茫、嘴巴半開，吁了口氣。

「呼——」

這般酥軟感受有如在性愛中達到高潮，她整顆腦袋都麻麻的。

咚。

似乎有東西撞上她的背，她霎時間不明所以。

聖一雖然被爸比擊倒在地，但還是用盡全力微微撐開了眼睛，觀察爸比和媽咪的行動。

聖一趁媽咪拿熨斗毆打爸比的頭，然後跨坐在爸比身上勒他脖子的時候，好不容易站了起來。實際上他的狀況糟到根本動不了，但不知道為什麼還是站得起來，只不過他舉步維艱，感覺隨時都會倒下。

聖一感覺插在廚房地上的生魚片刀遠得要命，他好不容易走過去拔起菜刀，但要接著走向媽咪那邊又是一段艱鉅的路程。

他一點一點靠近媽咪，步伐慢如烏龜，所幸媽咪目前神智恍惚，完全沒察覺聖一的行徑。

聖一將菜刀舉在胸口一帶，讓自己順勢往前倒，用全身重量壓向媽咪。

咚、噗嘰。

聖一感覺到刀刃穿透媽咪的身體，難以言喻的觸感從手腕攀上手臂。那種起初有點彈性抵抗，隨即柔軟無礙的手感，從菜刀尖端直接傳遞到手腕，再到手臂上。

寒冷的冬天，聖一常常在外玩到全身凍僵，但晚上他都會和爸比或媽咪一起洗澡，泡在浴缸裡數到十，那種暖呼呼的感覺舒服極了。

現在聖一全身上下奔竄的快感，比那種感覺好上幾百倍。

友紀子雖然因為來自背後的衝擊而稍稍前傾，但還是勉強撐住沒倒下。

她回頭一看，看見脖子扭曲的兒子，雖然他身體左搖右晃，但並沒有跌坐下來。

兒子就站在那，一臉燦笑，不知道在開心什麼，小小的嘴巴長吁了一口氣。

她吃力地將雙手伸向兒子的脖子，絞盡全身力氣，緊緊掐住。

兒子不用多久便漲紅了臉。她就這麼掐著，然後聽到頸椎折斷的清脆聲響。

隨後，兒子癱倒在友紀子懷裡，她不經意往後一倒，背上的生魚片刀又插得更深一些。

「嗚……」

她嚥下了最後一口氣。

下部明一的頭部左側與後側遭人以家用熨斗毆打，最後被電線纏繞脖子勒斃。

友紀子的左臉與左邊牙齦遭人以牛刀造成撕裂傷，後遭生魚片刀刺入背部，刀刃深達心臟導致身亡。

聖一的頭部右側遭人以高爾夫球桿毒打，最後又被人掐至頸椎骨折並窒息身亡。

三人腦中不再是一片紅，而是一團黑。

絢爛的陽光照拂，怡人的微風吹過，然而屋裡有三具慘死的屍體，倒在一片令人作嘔的血泊與些許屎溺臭氣之中。

這天早上，三人之間沒有任何一個人知道房子裡究竟發生了什麼事情。

在他們認知到自己災禍臨頭前，理智早已飛到九霄雲外。

他們更無從得知，除了他們三個人之外，房裡還有**某樣東西**產生了變化。

聖一腦中的黑暗滲出斑斑紅點。

與此同時，他全身開始痙攣。他抽搐了一會，緩緩站起身來。

他明明已經殞命，卻再次挪起顛簸的腳步。他垂著搖搖晃晃的腦袋瓜前進，啪踏、啪踏、啪踏。

最後他來到**那東西**前，停下腳步。

他盡了最後的職責。

下一刻，聖一迎來了真正的死亡。

*

「這到底什麼故事……」

由羽希一臉反感，蹙眉盯著天空。

「我就說啦，千萬不可以小看忌物。」

但天空的態度倒是悠然自得。

「拜託，又不是什麼血腥恐怖片，竟然連小孩的下場都那麼慘……」

「這也說明，這個案例的忌物有多邪惡了。」

「但是那個忌物為什麼……我問這個也沒用對不對？反正你也只知道有這樣的靈異現象而已。」

由羽希詢問，但不抱任何期待。

「這次的情況倒不一樣。」

天空的回答卻出乎意料。

「咦？所以那個忌物這麼做有意義嗎？」

「本來忌物之所以作祟，可以說是一種證明自我存在價值的行為。」

「好像什麼叛逆的國中生。」

由羽希口無遮攔，但天空看似中意這個比喻。

「或許還挺像的。不過就像叛逆國中生的行為太過火可能構成犯罪，有些忌物也可能奪走人命。」

「就是殺人的意思吧。為什麼要這麼做？」

「為了吸食人類的靈魂、活力、精氣。」

「…………」

「我將這種忌物的行為稱作『攝魂』。」

他接著說明這兩個字怎麼寫。

「剛才故事裡的忌物就屬於這類。這玩意兒藉由操弄親子之間互相殘殺，將三人的靈魂據為己有。在這次的事件之前，這玩意兒恐怕也是靠這樣的方式吸取他人的生命力苟活至今。」
「你已經制止它了吧？」
「沒錯，不然這玩意兒肯定又會跑去其他地方尋找下一個犧牲者。」
由羽希露出深思的神情。
「提示就給到這邊——」
天空面帶喜色問道：
「我們這位忌物名偵探能不能揭穿忌物的真面目呢？」
由羽希沉默了半晌，回答時仍語帶保留。
「……應該可以。」
「喲，真可靠。」
天空語氣戲謔，眼神卻相當犀利。
「我一開始猜是掛在走廊牆壁上的鏡子。」
「為什麼？」
「友紀子明明那麼愛乾淨，唯獨那面鏡子霧霧的，所以我推測那是別人送的東西，可能本來就霧霧的，怎麼擦都擦不亮。而且這座佛堂裡面也有鏡子，所以機率應該很大。」

「原來如此。」

「不過聽了你剛才說的話，我反而懷疑起浴室裡面的玩具。浴室裡有一個快沒電的潛水艇，我在猜這個潛水艇會不會是藉由吸取人的生命力來充電……」

「著眼點不錯嘛。」

天空難得出言稱讚，但——

「可是這兩樣我都不考慮。」

由羽希果斷否決了兩種可能。

「怎麼說？」

「你說這個故事是從上帝視角描述，但又說算是忌物的視角。既然這場悲劇的主要舞台在廚房、飯廳跟和室，那麼浴室的潛水艇就不可能看到。但如果是走廊上的鏡子，也有太多看不到的死角，所以我認為這兩個都不是忌物。」

「嗯哼，所以？」

天空相當樂在其中。

「第三個比較可疑的東西，是擺在飯廳的法國人偶，因為大家常說這種人形的東西容易吸引一些靈異的東西附在上面。」

「確實還不少跟人偶有關的怪談故事。」

「可是像沙發上的超人七號和喬王軟膠玩偶，感覺就不太一樣，但法國人偶簡直是最佳人選，而且你對於法國人偶好像在笑的描述也很引人遐想。」

「確實。」

「但這我也不考慮。」

天空一聽，分毫不掩飾自己的失望。

「理由是什麼？」

「你說完故事之後的解釋，讓我想到了另一種可能。」

「什麼樣的可能？」

「雖然你講得很模糊，但我猜這個忌物搞不好會自己移動。」

「妳發現了嗎？」

天空由衷佩服由羽希提出的論點。

「你說——如果你沒有制止，這個吸取別人生命力的東西肯定會開始尋找下一個犧牲者。也就是說，這樣忌物會從一個人身邊移動到另一個人身邊……這是我的想法。」

「我這個人也真壞，竟然沒有一開始就告訴妳這項提示。」

他表情看起來一點也不覺得抱歉，只是在耍嘴皮子。

「當我一想到這個可能，馬上就察覺類似間接證據的提示是什麼了。」

「是什麼？」

「就是故事開頭描述的飛船、廣告氣球、遙控飛機還有風箏，這些都是在天上飛的東西，這麼一來，就可以知道明一起床後第一件做的事情藏著重要的意義。」

「他做了什麼咧？」

由羽希不顧天空裝傻，繼續說：

「他打開了面南的大窗戶和紗窗。我可以理解起床時如果覺得天氣很舒服，會想馬上打開窗戶，但一般不會連紗窗也一起打開。明一之所以打開紗窗，是為了提供一個出口，方便忌物之後離開。」

「所以忌物是什麼？」

「這下可疑的範圍就一口氣縮小了。不是明一買的風箏，就是友紀子喜歡的氣球。」

「是哪個？」

「當然是氣球。」

「這麼有自信。妳有什麼根據？」

由羽希定定望著天空。

「這個氣球剛買來時應該是粉紅色的吧？」

「為什麼這麼問？」

「友紀子喜歡兔子，而且好像特別喜歡粉紅色的兔子。玄關地墊的兔子圖案、廁所門上的兔子木雕、置物架上的兔子陶偶，全都是粉紅色的。」

「可是綁在飯廳椅子上的氣球是白色的。」

「那是因為忌物在這次的事情發生之前，已經用光了前面從別人身上吸收的生命力。所以才需要讓一家三口互相殘殺，奪走他們的能量。」

「這樣啊。」

「我猜氣球被友紀子買下來的時候，從過去其他人身上吸收的靈魂應該已經剩下一半了。」

「所以才會是粉紅色的？」

「氣球吃飽的時候，大概是紅通通的。」

由羽希再次緊盯著天空不放。

「你自己也在故事裡暗藏了非常細微的線索不是嗎？」

「我不懂妳在說什麼。」

「故事開頭的描述長這樣：五月某個晴朗的午後，有顆紅通通的氣球掙脫了孩子的手飄上天，看起來愜意極了。然後你將時間往回拉，描述當天早上稍晚時刻發生在下部家的悲劇。」

「是沒錯。」

「如果按照時間順序觀察兔子氣球的變化，就會得到這樣的結論：前一天晚上逛祭典時，友紀子買了一顆粉紅色的氣球，但事發當天早上，氣球已經消氣而且變白了。可是慘案發生之後，氣球又變得紅通通的飛天上。」

「所以……」

「紅通通的氣球是從哪個孩子手上掙脫的？當然是聖一。他原本已經斷氣，後來又爬起來，走向那顆綁在椅背上的兔子氣球。忌物已經吸飽了一家三口的生命力，變得像血一樣鮮紅，等著有人來替自己鬆綁。」

「嗯，答對了。」

天空承認由羽希贏了遊戲，接著迅速帶過故事的後續。

＊

那顆兔子氣球原本從昨晚到今晨都乾乾癟癟，現在卻連兩耳的部分都鼓鼓脹脹，飄浮在椅子上空。

友紀子跟攤販買下這顆氣球時還是粉紅色，一晚過後成了白色，如今又變得鮮紅無比。

氣球輕輕一晃，聖一便忽然起身，拖著蹣跚的腳步走近。他吃力地解開椅子上的繩結，接著一手握著繩子，來到南面敞開的窗邊，緩緩鬆開了手。

紅通通的氣球，飛上五月的藍天。

天上飄著好幾面風箏。

氣球悠悠穿梭其中。

這顆氣球可以徹底激發深藏在每個人心底的邪念，並促使人們發洩這份邪惡的能量，致人於死，再吸收這些出竅的靈魂，繼續活下去。

而現在，這顆兔子氣球乘著爽朗的微風，漫無目的地飄流，準備尋找下一個犧牲者。

*

「話又說回來，妳能猜到算妳厲害。」

由羽希聽天空稱讚自己，有點不好意思。

「跟我第一次見到妳時那副呆頭呆腦的樣子差多了。」

這一多嘴又令由羽希心生不快，但她告訴自己現在不是發脾氣的時候。

「其實我今天來這裡的路上，覺得好像有哪裡怪怪的。」

「哪裡？」

「我也說不上來……而且我一直覺得，我好像是從更早之前就覺得不太對勁……聽了你剛才說的故事，我才突然想到。」

「什麼東西？」

「聽你說明一放了一個禮拜的假，讓我想起了一件事。我完全忘了沙行者的禁忌，就是頭七結束之前，傍晚不能獨自外出這件事……」

天空默默不語。

「換句話說，沙行者的威脅也就一個禮拜對不對？可是你卻說你需要四五天來搞清楚狀況，我莫名覺得哪裡怪怪的原因，大概就是這兩者時間上的矛盾或說誤差……」

天空依然悶不吭聲，於是由羽希逼問：

「到底是怎樣？」

「妳的直覺真敏銳。」

「你沒有回答我的問題。」

「既然妳都察覺到這個地步，我也只好坦白了。」

天空浮誇地嘆了口氣。

「沙行者是死者的化身，所以已經沒救了。可是被沙行者附身的人，其實還分成三種狀態，第一種是靈魂出竅變成的生靈，第二種是有可能危害他人的幽鬼，第三種是一隻腳已經踏進陰間的亡者。有些人是照這個順序演變，但也有人會一口氣進入第三種狀態，而進入第三種狀態的人，威脅度基本上和沙行者不相上下，就算要救也沒那麼好救。順帶一提，這是我自創的名稱，所以跟這些詞本來的意思不太一樣——」

天空才解釋到一半，由羽希便插嘴。

「那我、我、我是……」

由羽希話沒說完，天空急忙打斷她。

「妳連生靈的階段都還不到，放心啦。」

「……太好了。」

由羽希吞下一顆定心丸，但又想到對方可是天山天空，難保他沒有隱瞞其他事情。

「可是，每個人的狀況會差這麼多嗎？」

她提出質疑。

「不是每個人被沙行者附身都會丟掉小命。雖然變成亡者的話幾乎已經回天乏術，但在那之前都還有救。」

「可是放著不管的話，症狀不會惡化嗎？」

「症狀這個講法滿貼切的。」

「你少在那邊佩服，好好回答我的問題。」

「我原本是預估花個四、五天搞清楚妳的情況……」

「什麼啦。」

由羽希放聲哀怨。

「你現在、馬上想想辦法。」

「也是啦。」

天空一臉困擾，思考了一會後開口：

「不然這樣，我們明天就來講講妳帶來的那個忌物吧。」

祖母的陪葬品，那枝扁梳牽扯的因緣，終於要真相大白了。

# 最終夜 似而非者

由羽希照例走在糸藻澤地區的村子裡。

她從外婆家所在的西邊村里內之澤出發，往東邊的九泊里前進，穿過沿海五座聚落，一路走向遺佛寺。這樣的過程已經重複五天了。

第一天到第三天，她惶恐至極，深怕自己會被當地民間流傳的沙行者襲擊……。

然而到了第四天，也就是昨天，狀況莫名有了改變，前幾天的靈異現象突然無影無蹤。

**我得救了嗎？**

她開心不過一陣子，聽了天山天空的解釋又立刻深陷絕望。

「碰上靈異現象時，代表妳處於對抗的階段。但我告訴妳，如果妳突然感覺不到靈異現象，大致上可分成兩種情況，一種可能是禍患正在遠離，另一種可能是妳愈陷愈深了。」

他解釋完後，還說由羽希「毫無疑問是第二種情況」。

無人聚落的氣氛確實有些陰森，但還能忍耐，遠遠不及她前三天遭遇的詭怪威脅。所以昨天她也只有感到些許忐忑，甚至還有多餘的心思感慨那些毫無生氣的房舍有多淒涼。

然而今天情況不同。眼前風景雖與昨日無異，帶給由羽希的感受卻截然不同。

她不再感覺冷清，反倒寒毛直豎……。

無論哪座村落都不見人影，不就說明了這裡是另一個世界？話雖如此，這裡也不是陰間。

而是存在於陰陽兩界之間的空間。

如果我是困在這麼不祥的地方……。

由羽希腦中不知不覺冒出了駭人的想像，她甚至覺得與其這樣，還不如遭遇那些靈異現象好一些，例如那種有東西尾隨自己的感覺、佇立眼前的不明事物、周圍響起的怪聲、模糊不清的嘀咕。

這個世界只有我一個人……。

假設真的是這樣，她遲早會發瘋。她只會聽見自己製造的聲響、自己發出的聲音；天下蒼生獨剩她一人，而她將永遠在這座空間徘徊。

她打了個冷顫，回過神來。

應該不至於……吧？

胡思亂想嚇自己也無濟於事，假如她怎麼也走不出內之澤到九泊里之間的村落倒是另當別論，可是她這四天下來都成功抵達了遺佛寺。

而且天空也在啊。

她原本希望這麼想能安心，結果反而徒增擔憂。

但那個和尚又不是一般人。

如果是他，肯定能稀鬆平常踏入異界，就算真的待下來逍遙也不奇怪。由羽希暗忖，那種人根本當不成重要的判斷基準。

對呀，還有黑貓老師。

由羽希想起那隻在遺佛寺住下的黑貓，總算感到寬慰。天空若得知她這一連串思考，肯定會破口大罵「我比貓還不如嗎」，不過由羽希當然沒有打算告訴他。

由羽希和昨天一樣，一路上東想西想，不知不覺已經來到石階前。包含前面五座村落和沿海的馬路在內，這些都已成她再熟悉不過的風景。

今天可能也是我最後一次爬這座階梯了。

這麼一想，她竟莫名不捨自己沿著這條充滿青苔的歪斜石階拾級而上、步步穩紮穩打的感覺，連她自己也感到驚訝。

她還以為自己絕對不會懷念那座淒涼的妖寺。

由羽希抱著不痛不快的心情爬上石階，一隻黑貓馬上從參道遠端喵喵叫跑來。

「黑貓老師！」

她興沖沖地抱起黑貓，終於明白自己不上不下的心情全是因為這隻貓。

如果天空守信解決她遭遇的離奇狀況，往後她也沒必要再來遺佛寺，可以開開心心回到東京家裡，但這也意謂著與黑貓道別。明明她重遊舊地之前完全忘了這隻貓，如今仍是離情依依。

喵。

不知道黑貓是否察覺了由羽希的心情，簡短喵了一聲，仰頭凝望著她。那副神情既像挽留，要她「別走」；也像安慰，告訴她「下次見」。無論是哪種都教人鼻酸。

「我說妳啊。」

這時，面前傳來天空不耐的聲音。由羽希原以為他一如往常待在佛堂裡，抬起頭來才發現他難得站在走廊上。

「你自己出來關門嗎？」

過去幾天，他不知為何一而再再而三向由羽希抱怨貓開了門都不關，難不成他終於放棄了？

「最好是。」

天空又一次沒好氣地應答。

「還不快進來？」

他撂下這句話，又進了佛堂。

「什麼跟什麼啊。」

由羽希抱著黑貓走進佛堂，天空已經坐在佛壇前。由羽希照樣在他面前坐下。

「妳知道自己現在是什麼狀況嗎？」

由羽希才一坐下就被數落。

「因為……」

「哪有人問題都還沒解決就在那邊捨不得跟貓道別的？」

「可是……」

「妳有那種閒工夫，倒不如來聽我講忌物的故事。」

「這件事——」

「再說了妳啊——」

「這件事應該到昨天就結束了吧？」

由羽希理直氣壯，天空語塞。

「而且還不是因為你什麼都不告訴我，我才搞不清楚自己到底碰到什麼詭異的狀況，不是嗎？」

「妳別把錯推到我身上。」

「我就是因為不知道發生了什麼事覺得很害怕，才會跑來這裡，可是你——」

「我就告訴妳，我需要時間才能釐清妳這種不尋常的狀況。」
「所以我完全搞不懂自己到底是什麼狀況也不是我的問題啊。」
「……也是啦。」
天空想了想，不禁認同，隨後又搖頭否認。
「我的意思是，在今天這個就要搞定一切的節骨眼上，妳的態度會不會太鬆懈了一點？」
「我才沒有……」
「算了。」
天空果決打斷了這一串言語交鋒。
「那妳今天感覺怎麼樣？」
「……幾乎和昨天差不多。」
由羽希還在氣天空不分青紅皂白亂罵一通，但她來遺佛寺是有求於人，只得忍氣吞聲。
**我還真成熟。**
她暗暗欽佩自己。
「就這樣？都沒有其他感覺？」
天空講得好像由羽希很遲鈍一樣，她一時氣不過，正準備回嘴——

「周圍的氣氛如何？妳覺得身邊看起來怎麼樣？」

天空這麼一問，由羽希差點叫出聲來。

天空似乎馬上察覺由羽希表情的變化，緊接著道：

「看樣子妳心裡有底。」

「其實——」

她老實告訴天空，自己彷彿身處異界，某種介於陰陽兩界的空間……。

「哦。」

天空的反應很難捉摸，由羽希完全猜不透他是覺得有趣、佩服，或只是單純應和。

「這樣不好嗎？」

由羽希驚慌失措，連忙問道。但天空的回答卻令由羽希更加不安。

「看妳怎麼想囉。」

「什、什麼意思？」

「可能是妳發揮了隱藏自己的特異功能。這可厲害了，不是每個人都有這種能力。」

「哇，真的嗎？」

聽到自己與眾不同，由羽希不禁自滿，但又馬上好奇其他還有什麼可能。

「但如果反過來看——」
天空目光凌厲盯著由羽希，彷彿要她做好心理準備。
「也可能是妳已經有一隻腳踏入陰間了。」
「咦……？」
她腦中一片混亂，昨天天空解釋沙行者的狀態時，不是說由羽希「連生靈的階段都還不到」，要她放心嗎？
可是……。
在生靈、幽鬼、亡者這三個沙行者的階段之中，一隻腳踏入陰間的狀態，不就是最嚴重的第三種狀態嗎？
由羽希急忙提出疑慮。
「嗯，沒錯。」
天空承認得很乾脆。
「你、你昨天明明說我連生靈的階段都還不到，還那麼篤定……」
「是啊，那是我騙妳的。」
他的回答教由羽希難以置信，而且聽起來完全不覺得自己有錯。

「你、你……」

由羽希又驚又氣又害怕，混亂得無法組織語句。

「我都是為了妳好。」

天空竟然還輕描淡寫地表示自己是為了由羽希著想才撒謊。

「為、為什麼……」

由羽希好不容易擠出質疑。

「這樣騙我是為、為了我好？」

「某方面來說，沒發現自己身陷靈異現象，才是最安全的狀態。」

「啊？」

「當然這也要視情況和場合而定，不過幾乎所有靈異現象發生時，只要妳不加以理會，那些東西自然就會離開了。」

「所以你為了不讓我意識到那些東西……」

「才什麼都沒告訴妳。」

由羽希聽了回答稍感放心，但腦中馬上浮現一個大問題。

「所以多虧我什麼都不知道，沙行者就離開我了嗎？」

「事情沒那麼簡單。」

「那、那……」

**那你說謊根本一點意義也沒有不是嗎？**由羽希心懷不滿與困惑，而天空似乎也感覺到了。

「雖然妳現在還是被沙行者纏上的狀態，但妳是確切體認到這件事情，還是分毫未覺，兩種情況對妳造成的影響差得可大了。」

「……真的嗎？」

「我打個比方，假如一個人知道自己得了絕症，病情有可能會一下子惡化；但有時候，不知道自己得了絕症的情況下，病情反而可以得到控制。」

「你、你不要用這種奇、奇怪的比喻啦。」

由羽希氣憤難平，卻又怕得要命。她抱怨到一半，想起最根本的問題，頓時冒出討厭的預感。

「……既然如此，我一開始來這裡時到底是什麼狀態？」

天空回想當初，貌似有些忍俊不住。

「妳記不記得，我們第一次見面時我說了句『妳是遠巳家的小鬼嗎』？」

「記得，我還在想這個人怎麼認識我……」

她才問完，就馬上察覺了真相。

「你不是認識我，而是發現我已經變成沙行者第二階段的『幽鬼』了。」

「沒錯。」

「所以你後面才又問我叫什麼名字，而且巧的是『由羽希』跟『幽鬼』的發音一樣[25]，你才笑成那個樣子。」

「沒錯，我還真的是大吃一驚呢。」

「你、你好過分！」

由羽希沉不住氣，但這時黑貓叫了一聲安慰她，稍微平復了她的情緒。可是天空下一句話再次火上加油。

「難道妳一點也不覺得奇怪嗎？」

「哪裡奇怪？」

由羽希幾乎要跟他槓上了。

「這五天妳人在哪裡？」

「這裡啊，不然呢？」

「來遺佛寺之前咧？」

「走在那幾座村子裡啊。」

由羽希口氣很差，心想不要問這種廢話，但天空仍繼續追問。

「再之前呢？」

「在外婆家……」

由羽希話說到一半，不由得困惑了起來。

……我這幾天住在那裡嗎？

「妳想想，假如妳真的住在遠巳家，妳好歹會提起在那個家裡發生的事情吧？」

由羽希內心也同意天空的意見。

「不對，在那之前……」

由羽希的怒火迅速冷卻，她冷靜以對。

「我恐怕，不會想要住在外婆家。」

「可是現在也不是暑假，這個地方哪一間民宿有開？換句話說，妳只能住在遠巳家，別無選擇。」

25：兩者的日文拼音都是「ゆうき（YUKI）」

「既然如此，那我來這裡時肯定提過外婆家的事情。」

「但妳一個字也沒提過。」

「再說我對自己住在外婆家這件事……」

一點印象也沒有。由羽希終於察覺事實，內心一陣恐慌。她方才得知自己已成幽鬼時因為太生氣，完全忘了害怕，現在恐懼一口氣襲上心頭。

「這下妳明白了吧？」

也不知道天空能否體諒由羽希的心情，他接著說下去，一副謎底揭曉的口氣。

「那些妳以為是沙行者還怕得要命的東西，其實都是村民的氣息。」

「而我才是……」

「對，妳才是沙行者。」

「……」

「嚴格來說，妳剛好處於過渡階段，正從出竅的生靈慢慢轉變成可能危害他人的幽鬼。」

「我竟然在這種狀態下徘徊各個村落。」

「妳在面前和身後感應到的氣息、周圍的慘叫和低語，都是村民害怕沙行者的反應。」

「……」

「這也是為什麼妳得要傍晚才能過來。」

**因為沙行者只會於逢魔時刻出沒。**

「等一下……」

由羽希回想剛才談話的內容，再次產生討厭的預感。

「假如真的是這樣，那你為什麼還要觀察四五天到一個禮拜?明明我很有可能在這段期間從幽鬼變成亡者……不對，實際上我現在都變成亡者了不是嗎？」

「雖然都是忌物，但——」

天空試圖解釋，但由羽希充耳不聞。

「你為什麼……為什麼不早點救我？」

「我就說——」

「你不是說在變成亡者之前都還有救，可是變成亡者的話就沒救了嗎？」

「喂。」

「啊——!」

由羽希扯開嗓子，近乎尖叫。

「你、你該不會只是為了讓我聽你講忌物的故事，幫你紀錄，才故意拖五天都不管我……」

「妳到底把我想成什麼樣的魔鬼啊？」

天空無奈地仰頭。

「雖然都是忌物，但每一個的狀況都不一樣，沙行者也是。不過妳是身上帶著忌物，就是遠巳家刀自的陪葬品，那把梳子，然後還要加上沙行者的影響。這個情況很複雜，也非常少見，不是隨便就能搞清楚的，連我也沒辦法立刻處理，所以只能仔細觀察妳面臨的狀況，然後趁這段時間想想該怎麼處理。」

「……你沒騙我？」

「我沒騙妳。妳不在的時候我一直在調查梳子，但不知道是不是因為沙行者影響了忌物，我之前都沒辦法像平常那樣看穿梳子背後的種種，累死我了。」

「所以現在……？」

由羽希心中終於微微燃起希望的火光。

「嗯，我稍微看出東西了。這下就能搞清楚妳發生了什麼事，應該也能找出適當的處理方式。」

天空說著說著，打開佛壇旁邊一座過時的保險箱，取出那把梳子。

「那座保險箱是……？」

她指著保險箱，要求天空說明。

「專門用來放一些還沒淨化的忌物，或淨化過但以防萬一還是鎖起來比較保險的忌物。」

他一臉難辨。換句話說，外婆的梳子也屬於這一類忌物。

「我真的安全嗎？」

由羽希還是放不下心。

「應該啦。」

天山天空給了個令人不安的回答，接著便說起宮里由羽希的故事。

*

那天，由羽希一個人在家。

母親昨天回糸藻澤，參加遠巳家外婆的守夜與喪禮。雖然她可能希望喪禮結束後馬上離開，不管多晚都沒關係，但那樣實在太趕了，所以她預計會在外婆家待上三天兩夜。

**一般人回老家處理親生母親的後事，應該會待久一點吧？**

由羽希當然沒對母親說出內心的想法，但母親似乎察覺到她的心聲，便說：

「最近很多人辦完喪禮後就接著辦頭七了。現代人這麼忙，哪可能隔一個禮拜又把大家找過來。」

所以母親原本堅持在老家待個兩天一夜就很夠了。由羽希自然感覺得出那並不是母親真正的理由，但她也沒說破。

「那這樣頭七的意義在哪裡？」

她轉而出言質疑喪禮後馬上接著辦頭七的現象。

「日本的佛教早就流於形式了。」

母親一語帶過。

其實由羽希真正想說的是，自己親生父母的喪禮還是不太一樣吧？但母親完全不明白她的意思，也可能其實母親明白，只是避而不談。正因為母親真的有可能這麼做，由羽希才覺得可怕。

父親剛好也因為工作上有急事要出差，從昨天開始——預計也是三天兩夜——就不在家。由羽希猜想父親不至於說謊，但肯定也是刻意安排了不得不出差的狀況。

為的是讓母親面對親戚時有個交代——

「他工作上有事，真的騰不出時間來參加丈母娘的喪禮。」

就算父親不多此一舉，母親大概也不會在意，可是為人正經的父親似乎不允許自己無故缺席。

可見父親寧可做到這種地步，也不願出席外婆的喪禮。

但由羽希並不覺得父親過分，因為她也抱著同樣的心情。她得知外婆過世時，已經做好自己也要參加守夜跟喪禮的心理準備；她早已死心，知道自己再不願意，母親也會拖著她回去。

但最後只有母親一個人回遠巳家。由羽希心想自己沒去就算了，連父親也缺席是不是不太妙，但母親看起來一點也無所謂。由羽希也覺得父親同意這麼做不好，甚至還準備了出差當作藉口，未免有些薄情。

但我知道自己不用回去也鬆了口氣就是了。

由羽希正在加熱前一晚自己做的咖哩，突然想起父母。

爸去出差有沒有好好工作？

媽在那個家裡，面對外婆的遺體到底會有什麼感覺？

她想著想著，比起父親反倒更加擔心母親。倒不是擔憂母親的身心狀況，她也不知道怎麼形容，就是害怕母親參加外婆的喪禮會受到什麼影響，然後帶著那樣的影響回家。

影響……什麼樣的影響？

明明是由羽希內心產生的預感，她卻對此不清不楚，但又莫名確信會是一些不好的影響。

她一個不留神，咖哩已經滾了。她急忙關火，盛了些白飯到盤子上，快快弄了一盤咖哩飯，然後端到餐桌上，雙手合十說了句「我要開動了」，便一個人吃起了晚餐。不過她三兩下就吃完了。

平常的晚餐時間，她也沒有和父母聊得特別起勁，但感覺之前應該花了更多時間在吃飯。而且同樣是吃咖哩，也不至於這麼快就吃完。

**是因為我沒配沙拉嗎？**

她一時以為自己找到了原因，但想了想又覺得不是。最大的原因果然還是她只有一個人。

昨天晚上她還不覺得有什麼問題，恐怕是因為頭一次自己一個人過夜，心裡太興奮的緣故。由羽希並不親近外婆，甚至有點怕她，所以即使得知外婆過世，內心也不怎麼動搖。就連外婆的親生女兒，由羽希的母親，也不見一點心慌意亂。

顯然外婆過世造成的情緒波動，比不上父母同時不在家的解脫滋味。不過這種感覺也只持續了一晚，到了第二晚，由羽希已經開始心神不寧。

當由羽希意識到家裡沒有別人，便對屋中的靜謐敏感了起來。她平常還能感覺到父親或母親的活動，現在家裡卻毫無動靜，寂靜得冷清。

由羽希到客廳打開電視，調高音量；接著將空盤子和湯匙拿去廚房流理台，清洗時刻意轉大水量，製造聲音，但馬上就洗完了，於是坐在客廳沙發上邊看電視，邊和朋友用手機通訊軟體聊天。可是也沒辦法一直聊下去，後來她只好又看起電視，然而她對每一台的節目都不感興趣，又沒心情像昨天那樣拿本書來看。

**我昨天明明還覺得這樣安安靜靜的很好。**

今晚她卻覺得這樣有點陰森。她不認為自己還像個小孩，獨處不過一晚就開始想念父母，實際上她也完全沒有這種想法。既然如此，這到底是什麼感覺？

……預感？

她剛才熱咖哩時感受到的莫名恐懼再次湧現：母親會不會在外婆的喪禮上受到什麼不好的影響？

她背脊一陣涼意，本打算調高空調的溫度，旋即明白不是這個問題。

她感覺整個人從裡冷到外，但不是肉體覺得寒冷，而是她的心、她的感情風寒受凍。這陣寒風的真面目，恐怕是她內心的不安；而她內心這股不安的真面目，當然是那份無以名狀的恐懼。面對這種莫名其妙的對手，她該如何保護自己？

對了，來泡個澡吧。

由羽希如果在學校過得不開心，晚上就會在浴缸裡泡上好一段時間。妙的是，她泡著泡著，心情便會輕鬆起來。這和季節無關，夏天時她泡澡可以逼出大量的汗，冬天時全身泡入熱水可以取暖，兩者或許都達到了某種淨化的效果。

儘管事情並沒有因此解決，泡過澡後她會放鬆一些，也多少有辦法更加積極面對問題。

昨天她心想父母不在，所以只有淋浴，但今天就算還是一個人，她也想泡個澡。

由羽希到浴室放熱水，等待期間繼續盯著她不想看的電視。熱水器發出嗶嗶聲，提醒她浴缸內的水量已達設定水位。她猶豫了一下，決定讓電視開著，就這麼進了浴室。可以的話，她不希望自己洗完澡出來後家裡一片靜默。

呼──

她一泡進浴缸，便大喘一口氣。她曾以為這種行為是日本特有的文化，得知外國人泡澡也有相同的反應時嚇了一跳。

有次她去朋友家住，雖然朋友家有浴缸，但還是帶她去附近的公共澡堂。那是由羽希人生第一次上公共澡堂，一切都令她感到新奇有趣。當天澡堂裡有位外國女性，她泡進熱水池的時候也發出了舒適的嘆息；還有一件令由羽希同樣印象深刻的事情，她聽到一位婆婆泡湯時輕聲感嘆「啊，舒服極了」，她當下差點笑出來，不過現在她完全能感同身受。

**真的是舒服極了。**

雖然她不至於覺得剛才待在客廳有如置身地獄，但肯定稱不上舒服。明明是自己家的客廳，她卻完全放鬆不下來；明明空調正常運作，她卻感覺受涼。揮之不去的不安始終折騰著她，彷彿永無止盡。

相較之下，浴缸裡簡直是天堂。溫暖從體內，真的是從體內最深處逐步擴及全身上下，儘管無法完全抹去方才的畏懼，仍著實減輕了不少。

**看樣子我不知不覺間變得太神經質了。**

由羽希甚至恢復到能冷靜下來自我分析的地步。她心想這下至少有辦法抱著平常心度過今晚了。

她離開浴缸洗頭髮，然後再泡回浴缸洗身體，最後閉上眼睛，靜靜泡在稍稍降溫的熱水裡好一段時間。

她走出浴室，擦了擦頭髮與身體，像綁頭巾一樣將浴巾包在頭上，穿上睡衣，披上針織連帽外套。她習慣睡前才吹頭髮，所以打算待會先坐在客廳看書。

不過她並沒有關掉電視，只是降低音量，大概是不希望客廳陷入一片寂靜。儘管如此，她還是能專心看書，證明她泡過澡後心情平復了許多。

由羽希不知不覺移情小說中的人物，或許是因為這樣，她晚了幾刻才察覺那細微的聲響。

……嚕。

這時她還沒特別留意。

……嚕——

下一次聲響，她側耳傾聽，但聽不出聲音從何而來。

……嚕嚕——

她這才將視線移開書本，環視房裡，但還是找不到聲音來源。

……嚕嚕嚕——

她開始覺得不舒服，正準備離開沙發——

……嘟——嚕嚕嚕嚕——

她終於發現這好像是電話的鈴聲，疑似是客飯廳之間櫃子上那台有線電話響了。

故障了嗎？

她之所以這麼想，是因為那台電話平常的鈴聲不是這樣。

……嘟——嚕嚕嚕嚕——

那聲音聽起來陰沉，很不自然，還有點像某人硬要模仿機械發出的聲音，感覺怪噁心的。

**我不想接。**

她想假裝不在家，可是電話響個不停。她心想，與其一直聽這不舒服的鈴聲，還不如趕快接起來算了。

但她仍需要鼓起很大的勇氣才能拿起聽筒。而且接起來之後，她也花了一點時間才敢將聽筒拿近耳朵。

「…………」

不過打電話過來的人卻悶不吭聲。

「……喂，你好？」

由羽希雖然有些猶豫，但還是喚了對方。然而還是一陣沉默。

「……喂。」

接著對方只短短應了一聲，乍聽之下應該是名女性，但由羽希也不是很確定。不過知道對方應該不是男的，由羽希還是寬心了些。

「喂？請問哪位？」

由羽希安心之下詢問對方身分，但——

「……喂。」

對方還是只應了一聲，然後就陷入沉默。

這個人是怎樣啊？

由羽希愈來愈火大，突然想像對方是一名年長女性，撥錯電話卻不肯認錯，只會一直拖時間。

我要掛電話囉。

由羽希脫口之際，另一種想像忽然在她腦海蔓延：

有座高高的電話桌，獨立於一片周圍遭黑暗封鎖、滿是石頭的河床上。有個女人站在電話桌前，話筒緊貼著口耳，那通電話接通了宮里家，而和她講電話的人就是由羽希。

當這片風景乍現眼前，由羽希急忙掛斷電話。

那是哪裡……？

她差一點就要繼續想像下去，趕緊甩了甩頭。

只是有人打錯電話啦。

她說服自己，試圖將注意力拉回書上，但怎麼樣也專心不了。她決定轉換一下心情，泡杯紅茶，配一點巧克力。吃吃喝喝多少安撫了她的心情，她心想也是時候繼續看書了。雖然她花了不少時間才像剛才那樣投入小說世界，但也無可奈何。

不知道這樣是好是壞，但她再次因為讀書讀得太投入，沒有即時聽見奇怪的聲響。

嘤……。

她一開始聽到還以為是空調的聲音，因為聽起來很像漏氣之類的聲響。

嘤——……。

第二次聽到時，她抬頭看向空調，但聲音好像不是從那個方向傳來的。

叮——……。

這時她才察覺這聲音聽起來很熟悉，偏偏又想不起來到底是什麼聲音。

叮——……。

她慢慢掌握聲音的方位，好像來自飯廳靠近廚房的牆角，但她還是不知道那是什麼聲音。

叮——……咚——……。

她下意識看向飯廳牆上那台門鈴對講機的室內機。

有人按門鈴？

由羽希瞥向客廳牆上的時鐘。

十點四十一分。

這個時間根本沒人會上門拜訪，由羽希也想不到可能的訪客，更何況宮里家平常就沒什麼客人。由羽希暗想，這樣一戶人家到底誰想上門，還挑這麼晚的時候。

奇怪，是我的錯覺嗎？

由羽希懷疑自己的耳朵，因為門鈴響的方式很奇怪，簡直像是完全不同的東西。

她愈來愈沒自信，但——

叮——……咚——……。

同樣的聲音再次響起，那種悶悶的聲響怎麼聽都像門鈴。

由羽希離開沙發，趕忙走向室內對講機。然而機子已經近在眼前，她卻不敢確認螢幕。

當訪客按下玄關處的室外機按鈕，不只門鈴會響起，室內機還會顯示門外的景象，所以屋裡的人不用開門也可以確認來者何人。

然而現在，確認訪客身分對由羽希來說恐怖至極。話雖如此，她也不能放著不管，於是她做好心理準備，看向畫面。

……沒人。

室內機的螢幕上只見空無一人的玄關。

惡作劇嗎？

可是這塊住宅區距離最近的車站走路也要二十分鐘，現在也早就超過晚上十點，根本沒有人會挑這個時間、這個地點玩這種按了門鈴就跑的遊戲。

由羽希悻悻然準備回到客廳沙發時——

叮——————……咚——————……。

門鈴再次發出那種詭異的聲響，她反射性看向室內機的畫面，心頭一驚。

……有人站在那裡。

而且還背對鏡頭……。

看起來是個女人，那女人疑似是背對著室外機鏡頭按下門鈴。

為什麼要這樣？

是誰？

有什麼事？

疑問接踵而至，同時由羽希肚子深處漸漸湧出一股毛骨悚然的寒氣。

由羽希打算默默遠離室內機，不讓對方察覺她的動靜，但她突然停下腳步。

難道？

儘管她不願再看，目光卻像受到吸引一般移回室內機螢幕。她仔細盯著畫面上那個女人詭異的背影瞧，突發奇想。

……媽？

那女人的裝扮在一片昏暗中看起來很像母親。由羽希心想如果是母親，的確很有可能臨時取消住第二天的打算，提前回家。

「媽，是妳嗎？」

由羽希下定決心出聲。

「……對。」

對講機傳來非常細微的回應。

「等我一下，我馬上開門。」

由羽希關掉室內機的螢幕，匆匆跑向玄關。儘管她內心深處有一絲疑慮，但她認為門外那個人肯定是母親。既然如此，就沒理由不讓母親進門。

由羽希打開家門，女人就站在面前。雖然她還是背對由羽希，但那怎麼看都是母親。

「怎麼了？妳不是要待三天兩夜嗎？」

「…………」

然而母親一語不發。

「咦，妳的行李呢？怎麼連大衣也沒穿？」
「…………」
母親依然沉默不語，一動也不動。
「妳有聽到嗎……？」
由羽希再次心生疑竇之際——
「……我回來了。」
母親打了招呼，但她聲音聽起來平板無比，而且依然背對女兒，神態古怪。
「呃，歡迎回家。」
由羽希連忙回應，不過母親的樣子實在太怪異，她的疑惑已經逐漸演變成恐懼。
「媽。」
不說話感覺更恐怖，所以她想聽母親講講到底發生了什麼事，就算都是藉口也無所謂。
「妳轉過來嘛。」
「…………」
在那之前，由羽希想先看看母親的臉。
「妳為什麼要背對我？」

「…………」

然而母親仍悶不吭聲。

由羽希渾身抖了一下，她也不知道這一抖是出自對母親這副模樣的下意識反應，還是外頭的刺骨寒風所致，不過天氣這麼冷，她們也不好一直站在門口。

「外面這、這麼冷，妳先、先進來吧。」

下一秒，原先不動如山的母親竟一個箭步鑽過大門與由羽希之間的空隙。由羽希還在瞠目結舌，母親已經換上室內拖鞋，站在走廊上。

而且一樣背對著由羽希……。

由羽希一跨上走廊，母親便走了起來。她走在由羽希前頭，步伐莫名生硬。

「妳要洗澡嗎？」

由羽希跟在母親背後問，母親緩緩搖頭。

「那我幫妳泡杯熱茶。」

母親沒有回應，但由羽希還是走進廚房，拿水壺燒了水準備泡日本茶，同時暗暗觀察母親的模樣。母親始終呆立在客廳，怎麼看都不太正常。

**外婆的喪禮上肯定出了什麼事。**

不知何時起，由羽希也多少明白母親和外婆之間的關係非常扭曲。雖說明白，由羽希充其量也只知道她們之間有種難以解開的心結，完全不知道背後有什麼原因，但她覺得自己就算知道也無法心服口服。

可是外婆都過世了……。

由羽希認為母親就算出席外婆的喪禮，也不至於引發什麼問題。畢竟人都不在了，何來爭執？

還是她跟哪個親戚吵架了？

但由羽希幾乎和所有親戚都沒有往來，假設母親真的和其他親戚鬧翻，她也沒轍。即便母親據實相告，她也完全分不清誰是誰。

不對，問題應該出在外婆身上……。

由羽希還是認為母親怪異的舉動全肇因於外婆。她沒來由地有種感覺，即使外婆離世，至今仍影響著母親。

這兩個人明明是親生母女，怎麼會把關係搞成這樣？

由羽希隨即又想到，自己和母親的關係也一直都不太和睦——她不禁打了個哆嗦。

外婆和媽，媽和我……。

由羽希頓時浮現一種恐怖的妄想，好像外婆一死，這種母女之間代代相傳的惡意也傳承到母親與她之間。

嗶——

這時水壺的水滾了，由羽希關掉爐火，將熱水注入茶壺，拿出餐具櫃裡的茶杯，倒了茶。

「來……」

她原本想告訴母親茶泡好了，但心裡又是一驚。

母親不知道什麼時候已經離開客廳，來到餐桌，坐在背對廚房的椅子上。

由羽希捧著茶杯，從廚房走向餐桌，雙手顫抖不聽使喚，路上好幾次差點讓熱茶灑出來。

**媽又不可怕。**

由羽希在心中自言自語，但仍然止不住手抖，再這樣下去她遲早會把整杯茶打翻。

「……給妳。」

由羽希將茶杯放在離母親位子有點遠的地方。她察覺自己無法再靠得更近，但不光是這樣，她的本能使她避免走到母親身旁，否則她將無可避免看到母親的側臉。

由羽希踩著不自然的步伐慢慢走向客廳沙發，一直感覺母親在背後狠狠盯著自己。

**如果她現在叫我，我有辦法回頭嗎？**

**不對，我該回頭嗎？**

由羽希覺得自己怕成這樣未免有些可笑，但也益發焦慮，感覺再不想想辦法，事情就糟了。

畢竟母親怎麼看都很不對勁。

「去洗澡。」

由羽希一坐上沙發，母親突然開口，嚇了她一跳。

「我、我洗好了。」

她都已經換上睡衣，頭上還包著浴巾，光看這副模樣應該也知道她已經洗好澡了才對。

**媽真的好奇怪……。**

由羽希盤算著躲回自己二樓的房間。

「喔。那我幫妳梳頭。」

這時，母親的聲音從她頭頂落下。

**剛才她不是還坐在餐桌那邊嗎……。**

一股寒氣沿著她的背脊下滑，她應當馬上從沙發起身，卻動彈不得，尤其她的頭、頸、肩都硬梆梆的。

她突然感覺頭頂一陣涼意，過了好幾秒才明白是母親拆了她包在頭上的浴巾。無聲無息到這種地步，實在教人毛骨悚然；由羽希的本能告訴她必須盡快逃離母親，再這樣傻傻不動無異於坐以待斃。

「……那、那我去拿刷子。」

由羽希好不容易有力氣準備起身──

嘶──

她卻感覺有東西從她那頭長髮的髮根一路梳向髮尾。下一秒她頭皮發麻，差一點就要叫出聲來。

母親拿著一把梳子，而且還是外婆生前用來幫母親梳頭髮的那把扁梳。雖然由羽希看不到，但她非常確定。情況已經間不容髮，她必須馬上逃跑。

嘶──

然而她卻莫名享受有人替她梳頭的感覺。

嘶──

感覺整個人自然而然靜下心來。

嘶──

她也漸漸萌生睏意。要是就這麼睡著，一定很舒服。

吱、吱——

由羽希突然感覺不太對勁。

吱、吱、吱。

好痛……。

吱、吱、啪嘰、啪嘰啪嘰。

「好痛！很痛啦，媽！」

由羽希出聲，同時站了起來。她愣了半秒，猛然清醒過來。

接著她頭也不回，繞過沙發跑出客廳，往走廊另一頭的樓梯奔去。

噠噠、噠噠、噠噠。

詭異的聲響立刻追了過來。

她告訴自己千萬不可以回頭，卻忍不住好奇。她離樓梯口剩不到幾步路時，不由得往後一看，發現那個似母而非者背對著她跑了過來。

噠噠、噠噠。

那東西以醜陋的姿勢一點一點接近，動作怪得要命，甚至有點可笑。

但也因此更加怵目驚心。由羽希眼見如此詭異的情況，不自覺停下腳步，儘管她明白現在不是盯著那東西看的時候，仍無法移開目光。

話雖如此，那東西跑法怪異，速度快不起來，所以由羽希判斷自己要脫險綽綽有餘，不用擔心被抓到。

這股自信似乎也促使她聚精會神盯著那東西，並開始思考。

媽去參加外婆的守夜和喪禮時發生了什麼事？

那看起來像媽的東西到底是什麼？

我接下來要怎麼辦……。

她回過神來，發現她和那東西之間的距離縮短了不少，看來那東西似乎掌握怎麼倒退跑了。

我得快逃。

她心急如焚，那形似母親的東西已經迫近眼前。

……完蛋，來不及了。

她心頭一涼，險些輕言放棄。但更令她渾身發毛的是，她內心竟覺得被母親抓到也是無可奈何。

不對，那不是媽。

由羽希斷然說服自己，此時餘光瞥見了樓梯。

要倒退上樓梯一定很困難。

由羽希意識到這一點，倏地奔向樓梯，拚了命一口氣爬到轉角平台。

不出所料，她從轉角平台往下看，那東西卡在樓梯口，看樣子是打算倒退上樓卻不得要領。

好像一隻翻肚倒在馬路上蠕動的蟲……。

由羽希腦中乍現的想像令她作嘔。或許是因為那東西怎麼看都像人類，動起來卻令人聯想到昆蟲的緣故。

由羽希爬完剩下幾級樓梯，打開二樓走廊的燈，躲進自己的房間鎖上門，但這樣還不足以安心；她房間的門是往內開的，所以她將衣櫃挪到門前擋住。她還以為自己一個人搬不動，但總算是成功了，或許情急之下逼出了她的蠻力。

她做好防範那東西入侵的措施後坐在床上，想到要聯絡遠巳家。雖然這個時間打給住在鄉下的人太晚了，但現在根本無暇顧及這種事情，她必須隨便找一個待在那個家的人問問母親的事情。

假如他們說「妳媽媽已經回去了」，就代表樓下那東西再怎麼可疑，都還是母親；但假如他們說「等一下，我叫妳媽媽來聽電話」，就代表那果然不是母親，而是完全來路不明的東西。

不管是哪種情況都糟透了。

當然前者的情況還是比後者好上一些，畢竟那東西行為舉止再莫名、再恐怖，也還是自己的母親，等她平靜一點後再帶她去看醫生，還是有可能恢復正常。

但要是她一直都那個樣子……。

由羽希泫然欲泣，連她自己也嚇一跳。她一方面驚訝自己竟然直到現在才想哭，一方面也有些意外自己竟然有一天會為了母親鼻酸。

畢竟她還是我的親生母親……。

還是因為我已經嚇得半死的關係……。

由羽希差一點陷入沉思，趕緊打住。現在比起煩惱這些有的沒的，應該趕緊查證，釐清母親的狀況後再打電話給父親，告訴他「媽好像不太對勁」，剩下的事情全部交給父親處理就好。

他準備先打電話到遠巳家，卻突然「啊」了一聲。

……我手機放在客廳。

家裡有線電話的主機放在一樓飯廳與客廳之間的位置，子機放在二樓父母寢室，既然現在無法下樓，她只好使用父母臥房的子機了。

她來到擋住房門的衣櫃前，豎起耳朵聆聽門外動靜，想聽出那東西是否已經倒退走上了二樓。但隔著一個障礙物聽不太出來，於是她煞費苦心不動聲色，將衣櫃稍稍移開，挪出一個能將一邊耳朵貼到門上的縫隙。

她悄悄將耳朵貼在門上，仔細聆聽。

……感覺不出任何動靜。

二樓走廊上靜默一片，可是也沒聽見一樓有什麼動靜。整間房子寂靜無聲，撇除剛才的騷動，安靜得就像只有她一個人在家。

假如那東西爬上樓，應該會發出奇怪的聲響。

然而由羽希什麼也沒聽見。搞不好那東西就這麼杵在一樓，連一階都爬不上來。

二樓樓梯口面對父親的房間，往左是由羽希的臥房，往右是父母的臥房；至於母親的房間則位於一樓的和室。

若要使用有線電話的子機，她必須走出房間，經過父親房間門前——等於要經過樓梯口——走去父母的寢室。

萬一那東西正好在爬樓梯……。

而且已經爬超過轉角平台，眼看就要上二樓的話……。

那東西一旦察覺由羽希跑過樓梯口，肯定會立即踩著駕輕就熟的腳步奔上樓梯、追趕上來。

恐懼油然而生，由羽希渾身發抖。

可是外面一點動靜也沒有……。

至少現在，這一點給了她把握。她擠出僅存的勇氣，靜靜打開門鎖。

……喀嚓。

她覺得這微弱的聲音彷彿響徹整間房子，心臟撲通撲通地跳。

她握住門把，緩緩轉動，慢慢往內開出一道門縫，湊上一隻眼睛窺探走廊的狀況。

……黑漆漆的。

二樓走廊一片漆黑，什麼也看不到。她懊悔自己剛才竟然沒開燈……她才這麼想，隨即感到困惑，她記得自己跑上樓時確實有開燈，但現在外面卻是暗的，難不成是那東西上了二樓，關了走廊的燈？

由羽希急著關門，黑暗驀然輕觸她的臉頰。

沙……。

雖然只有一瞬間，但由羽希馬上認出那是頭髮的觸感，臉上頓時起了雞皮疙瘩。

那東西就站在走廊上，背後緊貼由羽希的房門。由羽希一認知情況，立刻關門上鎖，並再次挪回衣櫃擋住門。

**什麼時候上來的……。**

由羽希心想，真是一點也不能掉以輕心。難道那東西上樓時都靜悄悄的，沒發出任何聲響嗎？還是其實有發出異樣的腳步聲，只是由羽希滿腦子想著要聯絡遠巳家和父親，所以才沒聽到？無論如何，她現在已經出不了房門。

**在爸回家之前，我只能把自己關起來了。**

父親預計出差到明天，他說他回來後會先跑公司一趟，但中午左右就會回家。由羽希推測大概是正中午到一點左右，代表她必須堅守超過十二個小時，但這個時間她還忍得住。

由羽希已經下定決心，雖然她很在意頭髮還沒吹乾，但也沒辦法。她拿書桌上的橡膠髮圈綁起頭髮，也換了套衣服以便隨時逃出家門。她開著燈鑽進被窩，將棉被拉到下巴高度，不過想當然，她根本睡不著，有事沒事就抬頭望向擋住房門的衣櫃。

她彷彿能看見衣櫃下一秒開始蠢動，門縫愈來愈大，疑似母親的東西從門縫探出後腦勺的畫面……這下她更放鬆不下來了。

我已經上鎖了，那東西不可能隔著門移動衣櫃啦。

由羽希不斷說服自己，卻完全無法掃除內心的陰霾，反而弄得自己愈加恐懼。

我還是坐起來好了。

她離開被窩，隨便拿了本喜愛作家的散文集——可惜她讀到一半的小說放在客廳——回來坐在床上靠著牆壁。她心想這樣一來只要稍微抬頭就能看到衣櫃，如果有任何狀況也能馬上察覺。

結果由羽希幾乎無法專心閱讀自己喜歡的散文集，她三不五時抬頭觀察衣櫃，後來乾脆把書放在床頭，直盯著衣櫃瞧，心裡總靜不下來，討厭的想像在她腦內奔竄。

我該如何是好？

到頭來最沒問題的做法，還是只能捧著書，但又不時抬頭確認自身安危。儘管字句難以讀進腦海，讀著讀著還是令由羽希稍微放鬆了心情，只是每當她注意到衣櫃又會緊張起來；不過這種心情上一急一緩的反覆變化似乎不是件壞事。

然而當時間來到凌晨兩點，接著又超過三點之後，睡意終究對由羽希伸出了魔爪。她本想倒頭就睡，但剛才一直監視衣櫃動靜，害她現在對於睡眠恐懼萬分。

我得設法保持清醒到天亮。

她不知道太陽升起之後，那似母而非者會不會消失，但附近一定會有人走出家門，屆時她就可以探出窗戶叫住他們，請他們幫忙聯絡父親，這樣就不必等到中午了。

這個想法令出羽希略感安心，以致睡意再次找上她。她頑強抵抗，仍無法阻止頭自然而然向前垂落，感覺就像坐電車時不自覺打起了瞌睡那樣，儘管有時能察覺自己在打盹，重新調整坐姿，但仍然招架不住。

最後她還是維持上半身前傾的姿勢睡著了。後來不知道過了多久，她處在半夢半醒之間。

……怎麼感覺怪怪的……。

她恍神許久，不知道到底哪裡奇怪，後來漸漸感覺後腦勺頭皮發涼。

啊，誰叫我沒把頭髮吹乾。

她似乎睡昏了頭，第一個浮現的想法竟是後悔，心想早上起床照鏡子一定會看到自己一頭亂髮。

……不對，不是這個問題。

雖然她依舊意識模糊，但終於察覺自己身後有異。

嘶——

感覺後面有東西輕拉著她的後腦勺。

嘶——

但不是直接拽她的頭，而是將她一部分的頭髮往後帶，而且這股力量絕對算不上大。

嘶——

儘管如此，由羽希確實感覺到有東西一直拉她的頭髮，彷彿她背後存在某種意念，試圖將她拖過去，那種氣息恐怖到了極點。

……難不成有東西在梳我的頭髮？

正當她終於猜出這是什麼莫名其妙的詭異狀況——

吱、吱、吱……。

她感覺梳子勾住了她的頭髮。

吱吱、啪嘰。

但那梳子還是硬扯，由羽希感覺頭皮劇痛難耐。

「走開！」

她原本想喊痛，脫口的卻是恐慌的吶喊，而她的右手反射性往後一抓，奪走了對方手上的梳子，連她自己也大吃一驚。

與此同時，她感覺自己墜入沉沉睡眠。

再下一次睜開眼睛，她已經來到糸藻澤地區，踱步在五座村子的其中一座裡頭。

*

……我想起來了。

天空語畢時，由羽希冷汗爬了滿臉。記憶恢復帶來的踏實與隨之復甦的恐懼攪成一團，造就了這樣的結果。

「為什麼我得救了？」

由羽希率先冒出這個疑問，天空倒是一臉無奈：

「拜託，妳這算哪門子得救？」

「……啊，也是。」

她苦笑自己漫不經心，隨即浮現另一項疑問。

「可是我原本在家裡，怎麼回過神來就跑到糸藻澤了？」

「詳細的情況我也不清楚。」

天空事先聲明，接著說：

「但八成跟這把梳子有關。」

天空在由羽希面前舉起那把從金庫取出的扁梳。

「因為我從我媽……從**那東西**手上搶走梳子的關係嗎？」

「恐怕是。雖然妳現在是這種狀態，但姑且算是逃過了一劫。我想這跟妳突然搶走對方手上的梳子一定有關聯。」

「我媽到底出了什麼事……」

儘管由羽希內心矛盾，想知道卻又害怕答案，但還是開口問了。

「恐怕是遠巳家刀自往生後附身到妳母親身上，而那把陪葬品的梳子發揮了媒介的作用。我推測妳母親當初刻意從棺材裡拿出了那把梳子。」

「所以外婆真的變成沙行者了……」

「如果比照這個地區的傳說，就是這麼一回事了。不過根據妳這幾天說的話，也弄清楚妳在東京家裡發生的事情之後，我不得不說，就算沒有沙行者，遠巳家刀自和妳母親、妳母親和妳之間的淵源、那某種影響，就算死了一個人恐怕也會延續下去。」

「之所以我媽沒能從外婆手上逃掉，而我還算是勉強從我媽手上逃掉，是因為我搶走了那把梳子……嗎？」

由羽希懷疑這點小事豈能扭轉命運，而天空說明原因不只如此。

「我猜那影響很大。但光是搶走梳子，妳遲早還是會被那忌物逮個正著。」

「咦……？」

「意思是妳本該早早化為亡者、早早翹辮子了才對。」

「可、可是為什麼我……？」

天空一副傷腦筋的模樣。

「比較有可能的解釋是，梳子召喚妳來這裡。這是遠巳家刀自的隨身物品，還是她的陪葬品，從這幾件事實來看，我這推論八九不離十。但妳也不會只因為這樣就保住小命，所以最後的關鍵應該是妳想起了這座遺佛寺，並決定來這裡求助。」

由羽希聽天空這麼說，感受到五天下來從未有過的莫大希望。

「簡單來說，妳來拜託我，完完全全是找對人啦。」

由羽希好不容易燃起希望，卻因為天空的大言不慚而大打折扣，而她的心情似乎溢於言表。

「我是不知道妳在不甘願什麼啦。」

「沒有，我沒這麼想，我真的很感謝你出手幫忙。」

其實由羽希心有不滿，覺得天空一味浪費她的時間，也依然懷疑天空只是強留她一起蒐集那些忌物的怪談故事而已。

但由羽希想來想去，也只有眼前這個和尚能拜託了。當她再次體認到這一點，連忙出言恭維，只不過感覺有些假惺惺，她也擔心自己這麼言不由衷能不能應付過去。

「是嗎？哎呀，妳明白就好。」

但天空似乎不疑有他，心情又好了起來。由羽希心想這個人本性不壞，或者只是單純了點。明明相處了五天，她對天空仍舊一知半解。

「那我現在該怎麼辦？」

由羽希怯怯地問，天空馬上正色道。

「我現在要準備淨化梳子，妳也跟著祈禱。」

「可是我又不會念經。」

「有沒有經文都無所謂，總之妳要不顧一切、誠心誠意、打從心裡祈禱，這才是最重要的。」

「那──我要祈禱什麼？」

天空聽到由羽希的問題差點暈倒。

「妳不是想得救嗎？不是想找回原本的生活嗎？」

「當、當然啊。」

「那妳自然而然會說：上帝啊、佛祖啊，請祢們救救我——不是嗎？」

「你說上帝，這裡不是佛寺嗎？」

「是神是佛都沒差啦。」

這一點也不像佛家子弟說的話，但倒是很符合天空的個性。

「重要的是誠心祈禱，否則妳就……」

天空話說到一半，神色丕變，張著嘴一動也不動。

「怎、怎麼了？」

由羽希問道，但天空也沒反應。

「發生什麼事了？你還好嗎？」

「…………」

他嘴裡念念有詞，但由羽希完全聽不到。

「你可以說清楚一點嗎？」

「…………」

「什麼？」

「……來了。」

由羽希馬上領會這短短兩個字代表什麼意思，頓時頸上寒毛直豎，緊接著雙臂也起了雞皮疙瘩。

「沒時間了，妳仔細聽好。」

天空說話的同時，走向佛壇旁邊一座和佛堂格格不入的藥櫃，拉開一個又一個抽屜。

「**那東西**就快找上門了。」

那東西，當然是指似母而非者。

「它這幾天恐怕一直在找妳。」

「……在、在我家？」

「這我不清楚，搞不好它徘徊在所有妳可能會去的地方。」

「但是它沒想到我可能會來遺佛寺……」

「可能吧。不過既然它已經找到妳，繼續讓梳子跟妳待在一起就危險了。所以我現在要把梳子拿去庫裡淨化。」

「那、那我呢？」

「妳要待在這裡等那東西來。」

「哪有人這樣的……」

由羽希本想強烈抗議，叫他不要開玩笑——

「有了！」

但天空欣喜的語氣阻止了她。

「這裡有幾張符咒，我一離開佛堂，妳就把這些貼在正門和所有紙門的門縫上。佛壇後面的窗戶也貼一下。」

天空遞給由羽希幾張符咒，每一張長方形紙片上都寫著由羽希看也看不懂的字。仔細一看，那些龍飛鳳舞的筆跡好像每一張都不一樣。

「貼？用什麼貼？」

「當然是膠水啊。」

「哪來的膠水？」

「就在——」

天空左看右看，一臉懊惱。

「好，我去庫裡拿。」

「貼完之後呢？」

「妳就躲在這裡，全心全意祈禱。妳聽好，千萬不可以放那東西進來。」

由羽希心想，這種事情不用天空說她也知道，這樣耳提面命反而更恐怖。

「還、還是你也在這裡陪我……」

「少說那種恐怖的話。要我在妳跟梳子待在一塊，還要加上那東西的狀況下淨化忌物，饒了我吧。」

由羽希突然不安到了極點。

「你該不會要、要對我見死不救——」

「妳白癡啊，如果是那樣我一開始就不會理妳了。」

「說、說的也是。」

「但我也有點後悔就是了，沒想到情況會演變得這麼危險。」

天空突然小聲嘟囔。

「啊？喂，你——」

由羽希正要質問，天空又一次僵在原地。

「……慘了，它已經到**那裡**了。」

天空話還沒說完，便拉開佛堂側邊一扇拉門，那裡是通往庫裡的走廊。

「妳聽好，正門一定要貼好符咒，所有拉門的門縫，還有佛壇後面窗戶也別忘了貼。」

「膠、膠水呢？」

「現在沒時間去拿了。」

「那我要怎麼——」

「口水，用妳的口水貼。」

由羽希啞口無言。

「所有出入口封好之後，妳就一句話也別說，在心中好好祈禱。」

「到、到什麼時候？」

「到我淨化完畢。現在時間是三點——」

「真的假的，凌晨三點嗎？」

由羽希四處張望，尋找時鐘，天空秀出自己的手錶給她看。

「現在肯定是妳在家裡房間從妳媽手上搶走梳子的時間。不要問我為什麼，我也不知道，但這下我能抓個大概的時間了。總之天亮之前，無論發生什麼事情妳都要給我忍耐。」

「什麼啦……」

「搞不好淨化儀式會提早結束，但以防萬一中的萬一，還是等到天亮比較安全。」

「……………」

「喂，妳聽懂沒？」

「懂、懂了。」

「我告訴妳，妳千萬別理會那東西。無論那東西在門外幹了什麼好事，妳都不要管，知道了嗎？」

天空再三囑咐完，便一溜煙跑走了。

由羽希心慌意亂，眼淚險些奪眶而出。但都努力這麼久了，她決意堅持到底。

**我絕對不要落到媽那種下場。**

她打定主意，要在自己這一代徹底斬斷從外婆延續到母親身上的厄難。

她再次環顧佛堂，只有正面入口的雙開門是木板門，兩旁延伸出去都是紙拉門。準確來說，是木門、柱子、拉門、柱子、拉門這樣的構造，拉門一路排向佛堂左右兩面，直到接近佛壇的位置才換成木板牆；而佛壇背後也是木板牆，牆上有幾個木格子窗，當然是人無法通過的大小。

由羽希疾步趕往正門，雖然她內心焦急萬分，但仍稍微打開了門窺探外頭。

……搞什麼，明明沒東西啊。

看天空那副模樣，她還以為那東西已經踏上遺佛寺的土地，害她怕得要命。當她發現情況游刃有餘，心情也輕鬆了那麼一點點。再怎麼樣，她手上也還有防範那東西入侵的符咒。

正當她準備關上雙開門，卻瞥見參道彼端的石階上有團黑影。

咦……？

她雙手仍擺在門上，凝神一看，發現那團黑影左搖右擺，正慢慢爬上石階。由羽希臉上血色頓失。

……來了。

那東西的頭已經高過石階最上面一階。那怎麼看都是某人的後腦勺，看樣子那東西是倒著爬上那座難走的石階。

不用多久，那東西的肩膀浮現，上半身歷歷可辨，最後連下半身也映入眼簾。接著它站在參道的那一頭，呆若木雞。

那東西背對佛堂，盯著這裡瞧。儘管那個姿勢不可能看見身後的景象，由羽希仍感覺那東西狠狠瞪著自己，也清楚感受得到那東西知道她在這裡，對於她跑來這裡怒不可遏。

由羽希發現自己雙腳發抖，猶如全力奔跑過後站也站不穩的狀態。

不用緊張，它離這邊還有段距離。

由羽希竭力安撫自己，告訴自己得趕在那東西倒退跑過來之前，將天空交付的符咒貼上木門、紙門、窗戶，她相信自己還有充裕的時間可以完成。

然而由羽希正準備關上木門——

噠、噠、噠、噠。

那東西竟若無其事跑了起來。儘管那東西仍是以歪七扭八的倒退姿勢奔跑，速度比不上正常模樣，但還是遠比在由羽希家時快上許多。那東西殺氣騰騰地逼近佛堂。

「嚇——」

由羽希嚇得叫出聲來，連忙關門貼符咒，但貼不上去。她腦中一片空白，猛然想起自己忘了塗口水。

難不成我要把符咒整個背面都舔過一遍？

但她時間不夠，情急之下只能在符咒背面兩端沾上口水，貼住雙開門的門縫。

下一步……。

由羽希猶豫要先貼左邊還是右邊，但下意識往左移動，沒有什麼特別的理由，可能只是因為左邊更靠近庫裡一些；至於佛堂右邊，則是墓園。

符咒要貼上正面的雙開木門並不困難，但紙拉門的情況則不同，由於柱子和柱子之間各有兩扇紙拉門，一前一後，左右滑動，這種構造使兩片拉門的門縫處產生落差，要縱向貼住門縫就必須將符咒折成「ㄟ」字形。危機當前，多這一個步驟教由羽希焦灼萬分。

從佛堂內部往外看，正面左邊的紙門都貼好符咒後，她開始貼靠近庫裡那一面的紙門。她貼到一半，聽見外頭有動靜。

咚、咚、咚。

聽起來那東西已經跑過參道，走上佛堂門前的木樓梯了。

太快了吧……。

由羽希沒料到那東西動作這麼快，心想這下絕對來不及了。

吱——、咿——

外頭的動靜已經轉為走廊的嘎吱聲。

咯噠、咯噠、咯噠咯噠咯噠。

接著又變成試圖打開木門的駭人聲響。

……拜託，就待在那邊。

由羽希暗自祈禱，繼續張貼符咒，貼到一半才想到一個恐怖的可能。

**如果那東西放棄正門，開始嘗試紙拉門……。**

貼好符咒的左邊拉門當然不成問題，但假如那東西去開右邊拉門，輕輕鬆鬆就能突破防線。

咯噠咯噠咯噠、咯噠咯噠咯噠。

那東西不可能一直顧著木門，一定很快就會往左右任一邊的紙拉門移動，屆時就來不及了，但她又該如何是好。

由羽希繼續張貼符咒，絞盡腦汁，最後冒出了一個勉為其難的方案。

**我只能將那東西的注意力吸引過來了。**

這麼做是以身犯險，但既然沒有更好的手段，也只能孤注一擲。

由羽希快速掃視腳邊，發現一串鑰匙圈，上面繫著一隻招財貓和小鈴鐺。她撿起來，低聲道了歉——這肯定也是忌物，只是有淨化過——便朝著正面左邊的紙門拋了出去。

咯噠、叮叮。

鑰匙圈一落地，木門的晃動聲戛然而止，但也安靜不過半刻。

咯噠、咯噠、咯噠咯噠咯噠。

左邊的紙拉門馬上劇烈搖晃起來。由羽希的策略奏效了。

我得趁現在貼完剩下的符咒……。

只不過這項計策招致了她意想不到的狀況。

咯噠咯噠咯噠、咯噠咯噠咯噠。

那東西發現左邊的拉門也打不開，馬上嘗試更左邊的拉門，一個接一個往左嘗試，動作相當流暢。

那東西往左、再往左，步步迫近由羽希所在的位置。

要被追上了。

由羽希當然盡己所能加快動作，但她早已口乾舌燥，唾液分泌不足，導致她貼符咒的速度驟降。她還剩三組紙門要貼，但那東西離自己只剩下兩組紙門的距離。

她貼完第一組紙門時，前兩組的紙門在晃；貼完第二組時，前一組的紙門在響；當她貼完第三組紙門的那一刻，眼前馬上嘎嘎作響。

……呼、呼、呼。

由羽希死裡逃生，費心調整呼吸，以免那東西聽見自己的喘息；她也努力忍住不要一屁股坐下，畢竟她根本無暇休息。

得趕快去貼右邊才行。

她才這麼想，發現走廊悄然無聲。紙門剛才還晃得這麼厲害，現在卻毫無動靜。

**但那東西就在紙門後面……。**

由羽希躡手躡腳，緩步離開原地，往正門右邊的紙門走去。她得趁那東西察覺她的行動並掉頭之前盡可能多貼幾張符咒。

可是佛堂內寸步難行，她得費力跨過、閃過、繞過滿地的忌物。

**我絕對不能踢到任何東西。**

不光是因為這樣會製造聲響，也因為這些東西是忌物。即使已經淨化完畢，由羽希也沒膽去踢。

由羽希走到半路，那東西突然有所行動。

唰噠、唰噠、唰噠。

聽起來那東西正在走廊上移動。由羽希原本以為那東西如自己所預料，往正面移動，但她專心一聽，錯愕不已。

**那東西往後面走過去了。**

那邊沒有任何一組紙門，開口只有佛壇後面的木格子窗。由羽希暗忖，她搞不好——不對，是一定可以趁那東西在外面繞行半圈的時候，將右側紙門全部貼好符咒。

由羽希暗自竊喜，但隨即想到一個毛骨悚然的可能，不禁「啊」了一聲。

萬一那東西能從窗戶鑽進來……。

她窩在自己家裡房間時，明明鎖了房門，還用衣櫃擋住門，那東西還是溜了進來，難保同樣的事情不會在這裡發生。

她清楚現在跑去佛壇後面也趕不上，反而會製造嘈雜聲響，引來那東西的注意，招致危機。

她放輕腳步走到佛壇左側，盯著佛堂背面牆上最右邊的窗戶，心想萬一那東西真的從窗戶鑽進來，她也可以將那東西引來這裡，再從靠近庫裡那一側的拉門逃走。雖然這肯定會惹天空勃然大怒，但除此之外別無他法。

唰噠、唰噠、唰噠。

那東西已經走到佛堂背面的走廊了。

拜託，不要停下來。

由羽希滿心祈禱。一般人祈禱時應該會閉上雙眼，她現在卻兩眼瞪得老大。

唰噠、唰噠、唰噠、唰噠。

由羽希感覺那東西在最右邊窗戶一帶駐足，已經做好心理準備要看著那東西黑黑的頭顱探出窗戶，整個身體鑽進佛堂內。

唰噠、唰噠、唰噠。

當她聽見那東西再次移動腳步，不禁鬆了口氣，同時也感覺精疲力盡。但現在不是打混的時候，她繼續將符咒貼上靠墓園那一面的紙門。由羽希從最右邊的那一組開始，當她貼完側面角落那組紙門，準備處理正面剩下幾組紙門時——

咯噠、咯噠、咯噠咯噠咯噠。

墓園方向她最早貼好符咒的那組紙門開始劇烈搖晃。那東西已經繞完半圈迴廊，再次嘗試入侵。

由羽希不由自主手抖，害她連符咒也貼不好。

沒事，振作點。

她拚命安慰、鼓勵自己，接下來要貼的紙門，數量明顯比剛才靠近墓園那一側少很多，她一定可以在那東西追上來之前輕鬆貼完。

咯噠咯噠咯噠、咯噠咯噠咯噠。

然而由羽希有些憂慮，她感覺那東西放棄打開面前紙門並開始嘗試下一組紙門的間隔，似乎愈來愈短了。

到頭來又和剛才靠近庫裡那面一樣，形成你追我跑的狀況。那東西搖動一組又一組貼好符咒的紙門，持續向由羽希逼近，而由羽希也接連替一組組尚未處理的拉門貼上符咒，以免被迎頭趕上。

她將沾了口水的符咒貼上最後一組拉門的門縫，下一秒拉門馬上劇烈晃動起來，嚇得由羽希魂飛魄散。要是再晚個幾秒，她眼前那組拉門就要打開，那東西就要向她撲來。

由羽希雙腿一軟，當場跌坐下來。

砰、砰、砰！

那東西冷不防地猛力拍打正門，陣陣巨響清楚顯露憤怒，但由羽希也因此回過神來。

啊，窗戶還沒貼。

她匆匆起身跑了起來。她原本擔心會不會被那東西察覺，所幸那東西全神貫注在敲門，由羽希乘隙將佛堂背面所有窗戶也貼上了符咒。

「……呼。」

由羽希大口喘著氣，回到佛壇前，終於好好坐了下來。雖然天空要她禱告，但她現在根本毫無餘力。

她呆滯地瞻顧佛堂，臉上血色漸退。

……符咒快貼不住了。

正門上的符咒已經鬆脫，眼看就要掉下來，她連忙察看其他紙門，發現也有幾處的符咒正在剝落。

都怪那東西亂搖一通……。

想必她用口水代替膠水也是原因之一。

由羽希輕聲移動，將每一張鬆脫的符咒重新貼好，如果重貼後還是無法放心，則再多貼一張補強。最後她把所有符咒都貼光了。

「黑貓老師，對不起噢。」

由羽希貼符咒時，黑貓一直蹲在佛壇旁的陰影之中。由羽希抱起黑貓，蹭蹭牠的臉，緩解緊張，接著在佛壇前坐下，將黑貓放在腿上，雙手合十祈禱。

外婆，請妳快快成佛。

媽，拜託妳恢復原狀。

起初她還想著明確的字句，後來她漸漸發現自己能夠拋開雜念，完全專注於「祈禱」這項行為本身。

那東西回到正門口鬧了一番之後，現在四周又恢復一片寧靜，甚至感覺不出那東西是否還待在佛堂外頭。由羽希心想，或許能就這麼迎來拂曉，想必也出於這般把握，她才能放空一切，潛心祈禱。

這就是求神拜佛的意義嗎？

她依稀了悟箇中真諦，而此時突然聽見一陣呢喃。

「……這裡是，哪裡？」

由羽希循聲望往墓園方向。

「……我怎麼，會在，這裡？」

無助的細語又微弱了一些。

「……好可怕。我好，害怕。」

那毫無疑問是由羽希母親的聲音。雖然聽起來比平常低沉，但遠比她參加完外婆喪禮回家時正常多了。

「……救命。誰來，救救我。」

「媽？」

因此由羽希不禁應了聲。儘管聲音不大，她還是喊了母親。

「是……由羽希嗎？」

「呃、嗯。」

「妳在哪裡？我聽不清楚。」

她抱走腿上的黑貓，緩緩來到傳出聲音的紙門邊。

「我在這，我在佛堂裡面。」

「……佛堂？」

「嗯。這裡是遺佛寺。」

「什麼……我怎麼，會跑來，這種地方……」

由羽希本想說明沙行者的事情，但想想只會徒增母親的恐懼，於是作罷。現在最重要的是安撫她。

「我也是不知不覺就往這座寺廟跑來了，我猜妳應該跟我一樣。」

「……對，我也是。」

「之後就交給天空——交給這邊的住持處理就好了。」

「是啊。」

「不用擔心了。」

「那，我也，去妳那裡。」

「好，我們一起祈禱。」

「由羽希，幫我開門。」

「等我一下。」

由羽希就要摸到拉門，這時感覺腳碰到了東西，低頭一看，竟是黑貓坐在腳邊。

「黑貓老師，你坐那邊會被我踩到啦。」

由羽希往旁邊繞，但黑貓也跑過去擋她，她只好試圖跨過去，但黑貓卻用兩隻前腳抱住由羽希的其中一隻腳，喵喵叫個不停。

「幹嘛？怎麼了？」

由羽希蹲下來摸了摸黑貓的頭，這才驚覺大事不妙。

*我……竟然想放**那東西**進來……。*

一股戰慄流竄全身，她雞皮疙瘩掉滿地，趕緊抱起黑貓小跑回佛壇。

「由羽希，快開門。」

她聽見背後那東西還在喊她，但她當然置若罔聞。

「怎麼了，快讓媽媽，進去啊。」

走廊上的聲音仍不打算放過她。

「這裡，好冷。」

「而且，好可怕。」

「媽媽，受不了了。」

「由羽希，拜託妳。」

「再不快點，外婆要來了。」

「救救我，不要讓外婆，把我帶走。」

「有聽到嗎，由羽希？」

「由羽希。」

「由羽希。」

「由羽希。」

母親一次又一次喚著女兒的名，但每次之間都隔了一小段空檔。

由羽希摀住雙耳，閉上雙眼蹲在佛壇前，將黑貓窩在雙肘與肚子之間，一心祈禱時間走快一點，天趕快亮。

感覺過了漫長無比的一段時間後，由羽希聽見微弱的聲音。

由羽希一時害怕是那東西又開始叫她，但感覺又和剛才不一樣，於是將雙手從耳邊拿開。

「喂——」

正門外有人往佛堂裡吆喝。

由羽希迅速環顧四周，發現紙門透出微光，隨後意識到那是天空的聲音。

「喂——天亮啦。」

「……有、有！」

她匆匆回應。

「喲，總算吭聲啦。妳該不會睡著了吧？」

這像極了天空會說的話，由羽希不禁感到開心。

由羽希將酣睡的黑貓輕放在地，起身準備離開佛壇，腳卻不經意絆了一下。她雙腳發麻，幾乎不聽使喚。

「快點，別慢吞吞的。」

天空馬上喝斥。

「等一下，我腳麻了……」

「我說妳啊——」

天空語帶不耐。

「走廊上很冷，趕快讓我進去。」

「我就說等一下嘛。」

由羽希拖著發麻的雙腿，好不容易往正門移動，只是步履慢如蝸牛，而天空又一直催促她「快點」。

由羽希終於來到門前，先開口道歉：

「抱歉讓你久等了。」

當她一撕下門上的符咒——

喵————！

身後突然傳來黑貓凶狠的叫聲，她驀然回首，看見黑貓氣勢洶洶地向她跑來。

那副模樣怎麼看都像在阻止由羽希開門。

咦……為什麼？

由羽希疑問甫現，原本濛濛亮的紙門突然一黑。她心想，難不成自己高興得太早，天根本就還沒亮嗎？

也就是說……。

門外的人不是天空？

那聲音一直催促出羽希「快點」，但每次都只喊一聲，從沒連續喊過兩次。

因為那不是人……。

而我竟然撕掉了符咒……。

砰！

門要開了，那東西要跑進來了，我死定了。

由羽希萬念俱灰，無力癱坐在地，這時黑貓跳了過來，由羽希明知不能拖黑貓下水，仍忍不住緊抱牠。

「黑貓老師……」

砰！

由羽希喊著貓的名字，幾乎是同一瞬間，頭上傳來那東西捶門的聲音。

「咦……？」

由羽希抬頭一看，發現門連個縫也沒開，定睛一瞧，才發現第二張符咒還好好貼在上頭。她都忘了自己剛才用剩下的符咒補強時，正門也多貼了一張。

……得救了。

那東西拍打木門、搖動拉門的聲響持續了好一陣子，接著驟然停歇，隨即又傳出唰噠、唰噠、唰噠……的聲音；那東西再度開始繞行迴廊，而且不斷用母親的聲音呼喊「讓我進去」、「由羽希，讓我進去」。

由羽希秉著堅忍不拔的毅力，不理不睬。

總之在天亮以前，在天空回來之前，我必須撐住。

由羽希說服自己。儘管她心意堅決，腦中仍閃過恐怖至極的疑問。

我要怎麼確定真的天亮了？

我要怎麼認出外面的天山天空是本人？

一切都可能是**那東西**的把戲……。

良久，紙門外逐漸泛白，變得像剛才一樣隱隱透光。

我不能輕易相信，不對，是絕對不能相信。

可是，到底什麼時候才會結束？誰會來告訴我已經沒事了？

由羽希突然感到一陣暈眩。

她感覺自己神智漸失、意識漸遠，那感觸有些恐怖，卻又安詳。

由羽希就這麼淪陷那錯綜複雜的矛盾感受，昏厥過去……。

＊

由羽希睜開眼睛，發現自己人在全然陌生的地方，一時間驚慌失措，但不用多久便察覺自己躺在醫院病床上。

據醫生和父親所說，她昏迷了整整五天。那天父親結束出差回到家，發現她怪模怪樣坐在床上，沒有意識，馬上叫了救護車，但住院至今仍找不出原因。

當天上午，宮里家電話有一通未接來電的紀錄，來自遠巳家。父親稍晚回電，某位親戚說他看母親一直沒有起床覺得奇怪，到母親房間一看，發現被窩裡的母親已經全身冰冷。後來警方研判，母親的死亡時間約莫是前一晚的十點到十二點之間。由羽希聽了不覺有異，但她沒有向任何人提起她的遭遇和遺佛寺的事情，連父親也沒說。

母親的後事在由羽希住院期間就辦完了，所以她不知道守夜、喪禮到底有哪些親戚露面，不過她相信糸藻澤地區那幾座村落，現在應該盛傳「遠巳家刀自拖著離家出走擅自嫁人的女兒一起上路了」。

我在遺佛寺佛堂的時候到底發生了什麼事？

她百思不解，只有印象自己最後意識突然中斷。

會不會是因為天空完成了淨化儀式，然後天也亮了……。

所以由羽希的靈魂，才突然回到這具被抬進醫院的軀體？除此之外，由羽希想不到其他合理解釋。

我還來不及跟他道謝。

雖然由羽希仍懷疑天空只是想拉她作陪，蒐集忌物的怪談故事，不過天空救了她一命也是事實。

我要打電話好，還是寫信好？

她猶豫了很久，還是希望當面道謝。但她一想到自己又得回到糸藻澤地區，踏上漫漫長路，穿過五座村落前往遺佛寺，便打從心底提不起勁。

對了，我也得好好謝謝黑貓老師才行。

由羽希想起黑貓，就不覺得跑遺佛寺一趟辛苦了。要是天空知道這件事，肯定會怒罵：

「我竟然比不上貓嗎！」

想到天空那副模樣，由羽希笑逐顏開。她很久沒笑了。

由羽希是真心想回遺佛寺聊表謝意，只是她在靜養期間也迎來高中入學典禮，錯失了時機。雖然她始終惦記著天空和黑貓，但也滿心期待新生活的到來。

因此，宮里由羽希得要好一段時日過後，才會重逢遺佛寺的天山天空與黑貓，並再一次被種種忌物的怪談故事嚇得心驚膽跳。

# 三津田信三 作品集

## 作者不詳：推理作家的讀本
**(上卷)(下卷)**

一次偶然的邂逅，時任編輯的三津田信三和友人飛鳥信一郎購入了一本即便是在圈內，也只有行家中的行家才會知曉的稀有同人刊物《迷宮草子》。然而在閱讀的過程中，超乎現實邏輯與常理想像的異常力量，也開始在兩人的周遭引發了無法解釋的怪異現象……

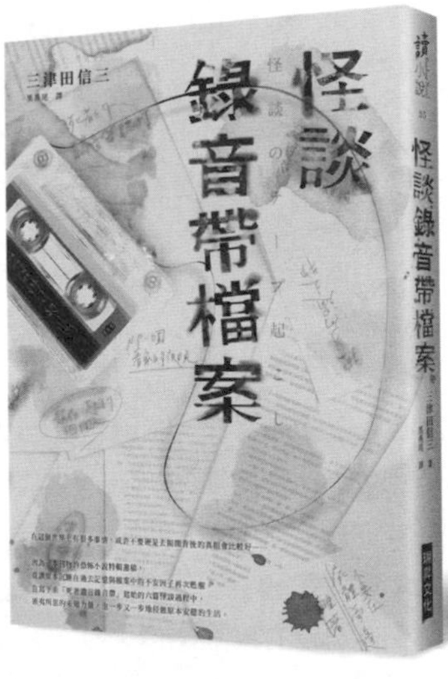


## 怪談錄音帶檔案

因為一本刊物的恐怖小說特輯邀稿，竟讓原本沉睡在過去記憶與檔案中的不安因子再次甦醒。
在寫下由「死者遺言錄音帶」起始的六篇怪談過程中，匪夷所思的未知力量，也一步又一步地侵蝕原本安穩的生活……

## 黑面之狐

戰爭結束後不久的北九州煤礦礦坑，因為一場突如其來的坑內坍塌意外，竟接連發生了數起不可思議的離奇死亡事件。

於現場被人目擊、戴著漆黑狐面的詭異身影，真的是在礦山地區為人所忌憚的「黑狐大人」顯靈嗎？

## 白魔之塔

白色的人扭曲著身體，在燈塔上起舞。被蠢動的森林與洶湧的大海所包圍之地，依附在此的詭譎之物再次甦醒……

傳說異聞與杳無人煙的偏遠場域，交織出襲向人心的無限恐懼。

# 三津田信三 作品集

## 如生靈雙身之物

當生靈現身之際，就是繼承人即將殞命的預兆……
妖異傳承與人性陰暗面所構築的幻想綺譚迷宮，於戰後東京的陰影中醞釀而生。

## 如魔偶攜來之物

刻有奇妙紋樣的古董——魔偶，相傳會為持有者同時帶來「福氣」與「災禍」。明知道會帶來相當嚴重的災厄，為何追尋魔偶的人還是絡繹不絕呢……

## 如忌名獻祭之物

忌名儀式，流傳於生名鳴地方的古老傳統。這個除了自己之外，不會被其他人知曉、亦不能主動提起的名字，就宛如自己的分身，在漫長的成長過程中，為當事人擋下所有的噩運。
然而，這其中究竟需要多麼龐大的力量？如果有一天，發生了異變……

**TITLE**

忌物堂鬼談

**STAFF**

| | |
|---|---|
| 出版 | 瑞昇文化事業股份有限公司 |
| 作者 | 三津田信三 |
| 譯者 | 沈俊傑 |
| 創辦人／董事長 | 駱東墻 |
| CEO／行銷 | 陳冠偉 |
| 總編輯 | 郭湘齡 |
| 責任編輯 | 張聿雯 |
| 文字編輯 | 徐承義 |
| 美術編輯 | 謝彥如 |
| 國際版權 | 駱念德　張聿雯 |
| 排版 | 洪伊珊 |
| 製版 | 明宏彩色照相製版有限公司 |
| 印刷 | 桂林彩色印刷股份有限公司<br>紘億彩色印刷有限公司 |
| 法律顧問 | 立勤國際法律事務所　黃沛聲律師 |
| 戶名 | 瑞昇文化事業股份有限公司 |
| 劃撥帳號 | 19598343 |
| 地址 | 新北市中和區景平路464巷2弄1-4號 |
| 電話 | (02)2945-3191 |
| 傳真 | (02)2945-3190 |
| 網址 | www.rising-books.com.tw |
| Mail | deepblue@rising-books.com.tw |
| 本版日期 | 2024年1月 |
| 定價 | 399元 |

國家圖書館出版品預行編目資料

忌物堂鬼談/三津田信三作；沈俊傑譯.
-- 新北市：瑞昇文化事業股份有限公司,
2024.01
304面；14.8x21公分
ISBN 978-986-401-696-9(平裝)

861.57　　112021040

讀小說
Reading Novel